ŒUVRES ILLUSTRÉES D'EUGÈNE SUE

ATAR-GULL

EDITION ILLUSTRÉE PAR J.-A. BEAUCE

Prix : 70 centimes

J.A. BEAUCE

PARIS

CHARLIEU ET HUILLERY, ÉDITEURS

RUE GIT-LE-CŒUR, 10

1863

ŒUVRES ILLUSTRÉES D'EUGÈNE SUE

ATAR-GULL

Le commandant Brulart

LIVRE PREMIER.

CHAPITRE PREMIER.

LA CATHERINE.

Jamais d'enfants! jamais d'é-
pouse!
Nul cœur près du mien n'a
battu;
Jamais une bouche jalouse
Ne m'a demandé: d'où viens-
tu?

Vict. Hugo. — Ode xxi, t. 2.

— Où peut-on être mieux
Qu'au sein de sa famille!
Vieil air.

Voyez ce brick, il glisse
bien timidement sur la
mer des Tropiques, car
c'est à peine si cette brise
légère et folle peut gon-
fler ses larges voiles gri-
ses.

Écoutez le murmure
sourd et mélancolique de
l'Océan; on dirait le bruit
confus d'une grande cité
qui s'éveille; voyez com-
me les vagues se sou-
lèvent à de longs inter-
valles et déroulent avec
calme leurs immenses anneaux; quelquefois une mousse blanche et fré-
missante jaillit du sommet diaphane des deux lames qui se rencontrent,

se heurtent, s'élèvent ensemble et retombent en
poussière humide après
un léger choc.

Oh! qu'elle est scin-
tillante et nacrée cette
frange d'écume qui se
découpe sur les flancs
bruns du navire! comme
le cuivre de la carène
étincelle en reflets d'or
au milieu de ces eaux
vertes et liquides! que
le soleil brille doucement
au travers de ces voiles
arrondies qui projettent
au loin leurs ombres
tremblantes!

Et par l'ange de saint
Pierre, c'est un vaillant
brick que celui-ci, qui,
mollement bercé sur une
mer paresseuse, semble
s'y jouer comme une do-
rade par un beau temps.

Au souffle de cette
petite brise, il continue
honnêtement son chemin
vers le sud-est, arrivant
sans doute d'Europe, où
il se sera défait de toute
sa cargaison, car il na-
vigue sur son lest, et
montre presque deux
pieds de cuivre hors de
l'eau.

Il fait à bord une chaleur excessive, et le soleil ardent de l'équateur
calcine le pont, malgré la double tente qui couvre la dunette.

Dans ce navire, tout était propre, luisant, frotté ; il y régnait un ordre admirable, un arrangement minutieux des plus petits détails, on eût dit un de ces comptoirs d'acajou soigneusement cirés, qui font la gloire et le bonheur d'un respectable fabricant de bonneteries.

Les fenêtres, ouvertes à la brise, laissaient pénétrer dans la dunette un courant d'air vif et frais qui soulevait de jolis rideaux de toile de Perse, et une vaste moustiquaire dont les plis légers entouraient un lit suspendu.

L'ameublement de cette petite cabine était fort simple : deux chaises, quelques instruments de mathématiques, un porte-voix, une malle, une table à roulis, et sur la table deux verres et une cruche de genièvre.

Au-dessus, le portrait d'une femme grasse et rebondie, souriant à un gros enfant joufflu qui lui offrait une rose, je crois ; et dans le fond du tableau un chat angora, l'œil vif, la patte en l'air, jouant avec une bobine de coton.

Quel portrait ! quelle femme ! quel enfant ! quelle rose ! quel chat !

Tout cela fade et blanc, faux et lourd, laid, guindé, plâtré ; pourtant on y trouvait je ne sais quelle naïveté d'expression qui n'était pas sans charmes : on reconnaissait dans cette peinture informe une bonne nature de femme heureuse et gaie ; et jusqu'à ce gros enfant, rouge comme sa rose, tout semblait respirer le bonheur et la joie. — Et puis, au-dessus du tableau pendait, soigneusement accrochée à un clou, une vieille couronne de bluets toute fanée.

L'équipage du brick, accablé par la chaleur, s'était sans doute retiré dans le faux pont, et tout dormait à bord, excepté le matelot du gouvernail et trois autres marins couchés au pied du grand mât.

Le timonier fit alors tinter huit fois une petite cloche placée près de lui, et cria d'une voix forte : « Allons, vous autres, relevez le quart. »

Le bruit causé par cette manœuvre réveilla sans doute l'habitant de la dunette, car la moustiquaire s'agita, on entendit tousser, remuer, grogner, et un homme en sortit, après s'être frotté vingt fois les yeux en bâillant d'une étrange manière.

C'était M. Benoît (Claude-Borromée-Martial), capitaine et propriétaire du brick *la Catherine*, de trois cents tonneaux, doublé et chevillé en cuivre (le brick).

M. Benoît (Claude-Borromée-Martial) était court, replet, fortement coloré, un peu chauve, avait le nez gros et rouge, les lèvres épaisses, le menton rentré, les joues pleines et lisses, et de petits yeux d'un bleu clair qui exprimaient une parfaite quiétude ; en somme, c'était bien la plus honnête physionomie du monde. Une veste et un pantalon de toile rayée composaient toute sa toilette, et lorsque, après avoir entouré son cou d'un madras, couvert sa tête grisonnante d'un grand chapeau de paille, il sortit de sa dunette, la figure calme et reposée, l'air souriant, satisfait, les mains croisées derrière le dos... vrai, n'eussent été les feux dévorants de l'équateur qui faisaient étinceler l'Océan comme un miroir au soleil, la chaleur étouffante et le plancher mobile du brick... on eût pris M. Benoît pour un campagnard, humant l'air parfumé du matin dans son bosquet de tilleuls fleuris, et allant s'asseoir sur le frais gazon pour respirer à son aise la bonne odeur de ses jasmins tout brillants des gouttes de rosée.

« Eh bien, garçon, — dit-il au timonier en lui pinçant joyeusement l'oreille, — la Catherine file donc devant la brise comme une demoiselle respectueuse devant sa mère? (Car les comparaisons de M. Benoît étaient toujours chastes.) — Oui, capitaine ; mais elle se tortille comme une débauchée, la vilaine. Tenez... quel coup de roulis... et cet autre...

— Ah ! dame, mon garçon, si nous avions quelques quintaux de fer dans notre cale, elle serait appuyée, cette pauvre *Catherine* ; mais arrive notre chargement, et tu la verras ne pas broncher que l'armoire à linge que j'ai à Nantes dans ma petite salle à manger, où je reçois mes amis, » disait naïvement le bon capitaine en étouffant un soupir de regret.

A ce moment, un grand homme, brun et décharné, descendit des haubans de misaine et sauta sur le pont.

« Je ne l'ai plus revue, — dit-il au capitaine Benoît en lui rendant sa lunette, — il faut qu'elle soit cachée dans la brume, car elle épaissit diablement, la brume ; et le soleil, hein... est-il foncé ?... — Le fait est, monsieur Simon, que le soleil a l'air du four de campagne que Catherine faisait rougir au feu pour dorer le macaroni que j'aimais tant... (Ici nouveau soupir.) Mais, dis-moi, cette goélette... elle me tracasse. — Disparue, capitaine, disparue ; j'avais d'abord craint que ce ne fût une goélette de guerre, mais non ; un gréement tenu comme la tignasse d'un mousse malpropre, des mâts de hune et des flèches de perroquet à faire chavirer le bon Dieu, s'il s'embarquait à bord,... et... — Simon,... Simon,... tu recommences, je n'aime pas à t'entendre blasphémer comme un païen ; tu fais le philosophe, et ça te jouera un tour... — Allons, bon, motus ; mais, je vous le dis, cette goélette n'est point un bâtiment de guerre pour sûr ; d'ailleurs, les croiseurs anglais ou français ne visitent jamais ce côté de la ligne ; ainsi ne craignez rien. — Je ne crains rien non plus ; j'ai, exprès, choisi ce côté de ligne, parce que je n'ai pas de concurrents ; mes affaires n'en vont pas plus mal : encore un ou deux jours, et nous verrons le père Van-Hop... Il devient retors en diable, par exemple, le *bois d'ébène* (1) renchérit. Ah ! il est passé

(1) Les négriers appellent ainsi les chargements de noirs qu'ils prennent sur la côte.

ce bon temps où, pour quelques caisses de quincailleries, j'en chargeais mon brick à ne savoir où mettre les pieds... — Alors, — dit Simon, — on se moquait pas mal du déchet. — Un tiers, Simon, — toujours un tiers de déchet, parce qu'il faut, vois-tu, que le bois d'ébène fasse son jeu dans le faux pont, à cause de l'humidité et de la chaleur. — Aussi, capitaine, ce qui reste est fameux !! et on peut le vendre à la Jamaïque pour en faire des pioches et des chariots, sans crainte qu'il éclate, — répondit Simon en riant. — Farceur,... et pourtant c'est une partie toujours *très-demandée* par ces messieurs des colonies. — Cordieu ! capitaine, si vous croyez qu'il ne faut pas plus de temps au chanvre pour pousser que pour s'user une fois qu'il est tressé en cordages,... et que le bon Dieu n'a qu'à souffler pour... — Ah çà, Simon, encore ! tu ne veux donc pas finir?... Silence donc, tu vas nous attirer quelque chose de là-haut ; tais-toi : viens plutôt causer de Catherine et boire une gorgée de *gyn*. »

Le capitaine et son second entrèrent dans la dunette, et s'attablèrent.

« Tiens, Simon, — dit Benoît en montrant le portrait qui ornait sa petite chambre, vois donc, on croirait que Catherine nous regarde ; et Thomas, donc,... est-il ressemblant ! Jusqu'à Moumouth qui a l'air de me reconnaître avec sa patte levée ; et puis c'est cette chanvre couronne-là qu'ils m'ont donnée le jour de ma fête... à la Saint-Claude... Pauvres chers amours ! allez,... je pense à vous. » Et il soupira profondément. Le digne homme !...

« Le fait est, capitaine, que vous pouvez vous vanter de faire un crâne père de famille, — dit l'autre avec l'accent d'une intime conviction. — Aussi, une fois cette campagne finie, reprit Benoît, je plante mes choux ; car, après tout, qu'est-ce que je veux, moi ? je n'ai pas d'ambition. Ah ! mon Dieu ! une petite maison blanche, des volets verts et un rond d'acacias sous lequel on dîne avec une paire d'amis et sa chère Catherine,... sa chère épouse. » Et les yeux du capitaine Benoît pétillaient de plaisir en contemplant avec amour le portrait de ce qu'il appelait son épouse.

« C'est qu'aussi, capitaine, votre épouse... Ah ! votre épouse est digne d'être aimée... elle a, sacredieu ! une paire de *bossoirs* que... — Simon ! ah ! Simon... — Pardon, capitaine ; c'est le gyn, il est fameux, et ça monte. A propos de gyn, capitaine... Mais voyez donc quel calme, quel beau temps ! ça réjouit le cœur. A propos de gyn, on dit, et j'en suis sûr, qu'il n'y a rien de bon pour la santé comme de faire bouillir dans du tafia une pomme de pin piquée d'une douzaine de piments enragés, et gros comme le poing de poivre de Cayenne ; on mêle ça avec le rhum ou le genièvre, et mordieu, capitaine, c'est à regretter de n'avoir pas le gosier large, large comme une manche à vent, pour s'en abreuver à flots. — Bigre, ça doit gratter un peu, — dit Benoît en hochant la tête. (Pardonnez-lui ce juron (bigre), c'était le seul qu'il se permît.) Au tout, capitaine, c'est un velours, c'est doux comme le duvet d'une jeune mouette, un baume pour l'estomac... J'ai connu un quartier-maître voilier, un nommé Bequet, qui s'est guéri avec ça d'un affreux catarrhe qu'il avait pris à Terre-Neuve sur un banc de glaces. — Ça, c'est vrai comme Catherine n'a qu'un œil. Simon, à ta santé, mon garçon. — Ne me croyez pas si vous voulez... A la vôtre, capitaine. Mais voyez donc quel temps ! — Au fait, Simon, quel joli calme ! il fait presque frais. Oh !... le beau soleil... A ta santé... Un temps comme celui-là, vois-tu, ça donne envie de boire. — Capitaine, ceci est physique,... Mettez une éponge imbibée au soleil, et vous verrez la chose. A la vôtre. — Ah ! Simon, c'est toi qui me fais l'effet de l'éponge, car tu t'imbibes toujours — répondit maître Benoît, qui commençait à être fort gai, très-gai, on ne peut pas plus gai. — Dis donc, Simon... — Capitaine... — Si tu es raisonnable et que le père Van-Hop ne m'écorche pas trop en revenant de la Jamaïque... nous relâcherons quelque part...

Et en parlant de parcourir ainsi presque le quart du globe, le bonhomme n'y mettait pas plus d'importance que s'il eût dit : « En revenant du faubourg, si j'ai fait un bon marché, nous entrerons prendre quelque chose dans une taverne. »

« Vrai... bien vrai ?... Foi d'homme, Simon : et alors... deux ou trois bonnes journées... des farces, — dit à voix basse et mystérieusement Benoît en couvrant à moitié sa bouche avec sa main gauche. — C'est ça, capitaine, des folies ; nous rirons, je dépense ma solde en deux jours ; allez donc : des voitures, des femmes, des oranges, des gants, des bas, des chaînes de montres, un castor en poil et des bretelles ! Allez donc... tout le tremblement à la voile ! — Et c'est vrai, et allez donc, — répétait Benoît à moitié gris, en frappant sur la table avec son gobelet de fer-blanc. — Et allez donc... nous nous amuserons joliment... Quel beau temps !... Ah ! ouf ! mais il ne faut pas que Catherine sache... bigre !!! — Pardieu... capitaine... je le crois bien... à sa santé... Nous relâcherons à Cadix... Ah ! capitaine... capitaine, je vous vois déjà sur la place San-Antonio... Tonnerre du diable... c'est là qu'il y a des femmes ! des yeux grands comme les écubiers d'une frégate, des dents... comme des râteliers de tournage, et puis comme dit la chanson :

> Y una popa,
> Caramba,
> Como un bergantin.

Ah ! bah, faut jouir de la vie ; au bout du mât la hune. — C'est vrai

Simon, d'un jour à l'autre on peut avaler sa gaffe (1)... et, bigre, on a raison de... »

A ce moment, le capitaine fut interrompu par un bruit infernal, et le brick donna une telle bande sur bâbord, que les bouts-dehors des basses vergues plongèrent d'un pied dans l'eau.

Benoît et Simon s'attendaient si peu à cette effroyable secousse, qu'ils furent jetés sur la cloison.

« C'est une saute de vent (2), — cria Benoît tout à fait dégrisé et se précipitant hors de la dunette. — Ce qui nous annonce un ouragan... Ainsi, nous allons rire, » dit Simon en suivant son capitaine.

CHAPITRE II.

L'OURAGAN.

Et la moitié du ciel pâlissait, et la brise
Défaillait dans la voile, immobile et sans voix.
Et les ombres couraient, et sous leur teinte grise,
Tout, sur le ciel et l'eau, s'effaçait à la fois.
Et dans mon âme aussi, pâlissant à mesure,
Tous les bruits d'ici-bas tombaient avec le jour,
Et quelque chose en moi, comme dans la nature,
Pleurait, priait, souffrait, bénissait tour à tour.
DE LAMARTINE. — *Harmonies*, l. II, h. II.

Hélas ! une roule sur des catholiques,
c'est qu'ils sont obligés d'attendre plusieurs semaines qu'une messe leur ôte un boisseau de charbons ardents du purgatoire ; car, tant qu'on ignore ce qu'ils sont devenus, les gens ne veulent pas risquer leur argent pour les âmes des morts ; il en coûte trois francs pour faire dire une messe !
BYRON. — *Don Juan*, ch. II, st. LVI.

Heureux matelot ! ta vie est accidentée d'une manière si piquante ! tout à l'heure du calme, du soleil, un balancement doux comme celui qu'une jeune Indienne imprime à l'érable rouge festonné de guirlandes d'apios qui cache parmi ses fleurs le berceau de son fils.

Alors l'insouciance, la molle paresse, une causerie sans suite, capricieuse et vagabonde ; alors les gais souvenirs de terre, le vieux chant de ton pays, et une bouteille de ce genièvre poivré qui réjouit tant le cœur et y verse la poésie à flots ; car la poésie, à toi, bon marin, c'est l'espérance !... L'espérance de voir dans l'avenir des combats dont tu sors vainqueur, une grosse orgie, un ancrage sûr où ton navire puisse dormir pendant que tu sèmes à terre les piastres, les gourdes, les onces, les moïdors, que sais-je, moi ? car, en vérité, tu as des monnaies de toutes sortes, brave homme ; le ciel sait où tu les prends... Enfin, le genièvre te montre tout cela à travers une teinte jaune et brillant comme la topaze. Tu poignardes ton ennemi, tu serres ton or, tu baises les joues d'une joyeuse fille... Tiens, des sequins ; tiens, des peziques... en voici, cordieu, en voici ; achète des robes à falbalas comme la femme d'un amiral, fais-toi belle, et donne-moi le bras...

Mais tout à coup le ciel se couvre, l'Océan mugit, le vent gronde, laisse là ton verre à moitié plein, n'achève ni ton projet, ni ta chanson, ni ton sourire, plisse ton front et brave la mort, car elle est menaçante...

Or, aussi à bord de *la Catherine*, on était généralement d'avis qu'elle menaçait.

L'équipage monta sur le pont, triste, silencieux, car on n'était pas encore au fort du péril ; on l'attendait, on le voyait arriver, et cette conscience d'un danger prochain, inévitable, avait assombri toutes les figures.

Le brick s'était fièrement redressé, quoiqu'il eût perdu son petit mât de hune dans la bourrasque. Mais les vagues commencèrent à s'enfler, et le ciel se couvrit de vapeurs glauques et rougeâtres comme la fumée d'un incendie, qui, se reflétant sur les eaux, voilèrent d'une teinte grise et lugubre cet Océan tantôt si frais et si bleu.

« C'est un échantillon de ce que le vent nous promet, et il tiendra, » avait dit Benoît qui s'y connaissait ; aussi, à peine les huniers étaient-ils amenés qu'un mugissement sourd se fit entendre, et une large zone de nuages sombres, noirs, qui semblait unir le ciel et la mer, s'avança rapidement du nord-ouest en chassant devant elle un banc d'écume bouillonnante, effroyable preuve de la fureur des vagues qui accouraient avec la tempête...

Benoît et Simon se serrèrent la main en échangeant un coup d'œil sublime.

Ces physionomies, naguère insignifiantes comme la brise folle qui se jouait dans les cordages du vaisseau, parurent sortir d'un sommeil léthargique ; ces hommes vulgaires, ces nains, pendant le calme, grandirent... grandirent avec l'ouragan et se dressèrent, géants intrépides, au premier choc de la tempête.

Ce qu'il y avait de mesquin et de plat dans la figure du capitaine disparut ; ce front tout à l'heure stupide se releva brillant d'une incroyable audace qui semblait défier le ciel ! Ce regard terne devint éclatant, et un sourire de dédain et de supériorité donna une admirable expression à cette bouche si niaise.

C'est qu'aussi, en présence de ces instants décisifs, de ces imminentes questions de vie ou de mort, les petits détails de beauté conventionnelle s'effacent, l'âme seule se reflète sur le visage, et si, au moment du péril, cette âme s'est réveillée puissante et vigoureuse, elle imprimera toujours un caractère noble et grandiose aux traits de l'homme qui osera lutter contre la nature en furie.

« Enfants, — cria le capitaine, car déjà l'ouragan hurlait plus fort que le tonnerre ; — enfants, ne craignez rien, ce n'est que de l'eau et du vent ; dépassez le mât de hune qui nous reste. Toi, Simon, cours à l'avant, nous essayerons de tenir la cape avec la grand'voile au bas ris, tâche de la faire amurer.... et toi, timonier, la barre dessous ; mettez-vous deux, trois s'il le faut, pour gouverner ; car je crois que le vent va s'entêter contre le brick, comme un enfant mutin contre son père... Aussi, mes garçons, ne lui cédons pas... c'est d'un mauvais exemple. »

A peine Benoît achevait-il ces mots, que l'ouragan tombait à bord. *La Catherine* tourbillonna longtemps sur des lames affreuses qui se brisaient entre elles, et disparut même au milieu d'une pluie d'écume soulevée par la violence de la tempête qui sifflait dans les manœuvres, pendant que les craquements de la membrure se succédaient, secs et précipités, comme le bruit d'un marteau sur une enclume ; inondé par d'énormes masses d'eau qui, s'abattant sur le pont avec un horrible fracas, le balayaient dans toute sa longueur ; soulevé sur le dos monstrueux des vagues et lancé dans un abîme sans fond, le malheureux brick semblait devoir s'engloutir à chaque instant.

« Tenez-vous aux haubans et aux râteliers, — criait Benoît, — ce n'est rien, ça rafraîchit, il fait si chaud !... et puis la propreté de Catherine sera faite pour demain... et vous, la barre sous le vent... loffez... loffez... ou sinon... »

Il ne put achever, une montagne d'eau qui s'élevait à la hauteur des hunes, déferlant sur la dunette, se déroula sur le pont, le couvrit de débris et se retira par la proue en emportant deux hommes qui disparurent au milieu des flots. Ces deux hommes venaient, je crois, d'épouser les deux sœurs, deux Nantaises fraîches et roses ; ils s'aimaient beaucoup, une forte amitié de matelots ; toujours de quart ensemble, toujours ivres ensemble, toujours se battant ensemble, l'un s'était marié pour faire comme l'autre, l'autre se jeta à l'eau pour sauver son ami ou faire comme lui, — se noyer. — Or, ils finirent ainsi qu'ils avaient commencé : — ensemble !

Simon était fortement accroché à une drisse ; quand la vague fut écoulée, il se releva fièrement, le front intrépide, ruisselant d'eau, ses cheveux collés sur ses joues.

Un matelot, jeté violemment sur la drôme par cette dernière lame, s'était cassé le bras, et hurlait très-fort.

« Veux-tu fermer la bouche, braillard, — lui dit Simon, — ou tu avaleras la première baleine (1) qui tombera à bord. »

Les cris redoublaient.

« Après tout, je m'en moque, — dit Simon, — fais la pompe, si ça t'amuse... »

Il fallait bien tâcher de consoler et d'égayer ce pauvre blessé.

« Et toi, mon bon Caïot, — disait le capitaine Benoît au timonier, — la barre sous le vent... attention.... — Oh ! capitaine, — répondait celui-ci en s'essuyant le front, — tant que le navire gouvernera, n'y a pas de soin, ça balance, c'est, sauf respect, comme la trape-cul qui est à Nantes au Panier fleuri, autant jouer à ça qu'à autre chose, et on n'a pas à craindre les plats-dos... — Défiez-vous... défiez-vous, capitaine, » cria Simon, car il vit arriver avec fracas une énorme lame qui, se dressant menaçante, resta immobile pendant cet espace si court où le sommet est tenu en équilibre sur sa base... mais la violence du vent la fit pencher ; elle plia sur elle-même, se déroula pesamment en poussant sur l'arrière du brick une nappe d'eau blanchissante, vint s'abattre avec fracas sur l'arrière du brick, et il disparut encore sous cette vague qui tonnait comme la foudre.

La commotion fut si violente, que le safran du gouvernail, heurté par le travers, donna une affreuse secousse à la barre ; les trois hommes qui la tenaient furent renversés sur le pont, et, par suite de ce malheureux accident, le brick venant au vent, la grande voile faseilla et fut masquée en grand.

Benoît sortait alors de dessous la vague qui venait de se retirer, et tenait embrassé le portrait de sa femme qu'il avait repêché au milieu des débris de la dunette.

« Je ne laisse pas comme cela enlever Catherine, — disait-il, — car ma pauvre épouse... »

Il ne put achever en voyant la position critique du navire. « Nous sommes perdus ! » s'écria-t-il, et d'un bond il se précipita sur la barre pour laisser arriver et tâcher de démasquer. Impossible.... il était trop tard...

---

(1) Mourir.
(2) On donne ce nom à un changement subit de plusieurs quarts dans le vent régnant. Les marins expérimentés jugent du moment où le vent doit sauter par le calme qui précède, ce qui est important pour ne pas perdre des mâts ou des voiles, car les sautes de vent arrivent avec une furieuse violence.

(1) La première lame.

Le grand mât résista à peine deux secondes, plia... se rompit avec un bruit éclatant, brisa le grément qui se tenait du côté du vent, tomba sur le bastingage de bâbord... et de là dans la mer, en entraînant les haubans qui l'attachaient toujours au navire.

Ce qu'il y avait d'horrible dans cette position, c'est que ce mât, poussé par les lames furieuses, allait et revenait contre le brick, auquel il tenait encore par une partie de ses manœuvres, et, agissant comme un bélier sur ses flancs, menaçait d'y faire une trouée qui l'eût coulé à fond. Une seule chose restait à faire : c'était de couper les cordages qui liaient cette poutre au brick (1).

« Il n'y a pas à balancer, c'est dangereux, mais il y va de notre peau, » dit Benoît en s'amarrant aussitôt au bout d'une manœuvre; et d'un saut il fut à cheval sur le bastingage, sa hache à la main.

« Catherine et Thomas, — dit le brave homme en enjambant le plat-bord, — c'est pour vous. »

Il s'élança...

Mais une main de fer saisit la corde au moment où il allait sauter, et le digne Benoît fut un instant suspendu en l'air, puis halé à bord par son ami Simon.

« Ah! gredin! — s'écria Benoît, — tu veux donc faire sombrer le brick? »

Et il dirigea sa hache sur Simon, qui évita le coup...

« Diable! vous devenez vif, capitaine; je voulais vous dire que ce n'est pas là votre place. Pour cette besogne, vous ne verriez pas assez clair : Catherine et Thomas vous brouilleraient la vue. »

Et il sauta sur le bastingage.

« Mon bon Simon, — dit Benoît en l'arrêtant par la jambe, jure-moi... — Sacré mille tonnerres! mille millions de diables! voulez-vous me lâcher! sacré... — Ce n'est pas comme ça que je voulais te faire jurer, mais amarre-toi, pour l'amour de Dieu, amarre-toi... »

Simon ne l'entendait plus, il s'était déjà jeté à la mer, afin d'atteindre le mât et dé s'y cramponner pour le débarrasser de son grément. Le vent se calmait, mais la houle était toujours très-forte.

« Pauvre Simon! il est cuit, » dit Benoît en voyant son second tâchant de se tenir à cheval sur cette poutre ronde qui roulait à chaque lame et s'avançait vers le flanc du brick.

La position de Simon était horriblement dangereuse, car il risquait à tout moment d'être écrasé contre le navire.

« Encore un coup de hache, Simon, — criait Benoît, — et nous sommes parés. Ah! mon Dieu! Simon, Simon... défie la vague... à la mer... jette-toi à la mer... tu vas... Simon... Ah!... »

Et le capitaine poussa un cri affreux en mettant la main devant ses yeux.

Simon avait eu la tête broyée entre le mât et le brick: mais aussi, grâce à son intrépide sang-froid, le navire était sauvé d'une position bien critique, je vous assure.

L'ouragan s'apaisait peu à peu, comme toutes les bourrasques des mers des Tropiques, qui tombent aussi rapidement qu'elles s'élèvent : le vent se régla, les nuages chassèrent rapidement vers le sud. Quand Benoît eut accordé quelques moments à sa douleur et à ses regrets, il fit nettoyer le pont des débris de manœuvre et de charpente qui l'encombraient, amurer la misaine et, profitant d'un vent bon frais, mit le cap au sud-est.

Comme on le pense bien, l'expression grandiose de M. Benoît sembla disparaître avec le danger et la tempête; — une fois la brise réglée, le navire en route... il redevint l'homme grossier, vulgaire, niais, mais honnête, faisant la traite avec autant de conscience et de probité qu'il est possible d'en mettre dans les affaires, et ne croyant pas agir plus mal que s'il eût vendu des bestiaux ou des denrées coloniales, ne pensant enfin qu'à s'amasser une fortune indépendante pour vivre tranquillement le reste de ses jours et assurer l'avenir de sa petite famille. Le digne père !

Il veilla toute la nuit et pensa même plus à Simon qu'à sa chère Catherine : Simon naviguait avec lui depuis si longtemps! Simon connaissait ses habitudes, lui était dévoué, s'occupait des minutieux détails de l'emménagement des nègres à bord avec une patience, une humanité qui charmaient le capitaine; jamais les noirs ne manquaient de vivres, et, sauf le déchet, qu'on ne pouvait éviter, la cargaison arrivait toujours aux colonies, grâce à cette paternelle administration, arrivait, dis-je, toujours saine et bien portante. Simon était son factotum. A Nantes il menait promener Thomas ou allait au marché avec madame Benoît, un panier au bras; enfin, Simon était pour le capitaine un être inappréciable, un ami véritable et dévoué.

Aussi, en attendant le jour, M. Benoît s'essuya-t-il plus d'une fois les yeux. Il était encore plongé dans ses douloureux regrets, lorsque le matelot de vigie cria : « Terre à bord! — Déjà? » dit Benoît en montant sur son banc de quart.—Je ne me croyais pas si près des côtes, heureusement elles sont açores. Toi, timonier, tiens cette montagne ouverte d'un quart, avec ce bouquet de palmiers, jusqu'à ce que tu arrives à l'embouchure de la rivière Rouge. — Enfin nous y voilà, — dit le capi-

(1) Mais le danger était immense, car on ne pouvait opérer cette scission qu'en se jetant à la nage, afin de s'accrocher au chouque du mât... là seulement les haubans n'étaient pas des chaînes de fer, comme cette partie du grément qui tient au porte-haubans.

taine,—pourvu que le père Van-Hop ait de quoi me radouber et me regréer... je ne parle pas du bois d'ébène; c'est le plus fin courtier de la côte d'Afrique, et il connaît les bons endroits, le compère... mais il y a m'écorcher. Ah! si mon pauvre Simon était là au moins... mais non... plus jamais!... Ah! mon Dieu, plus jamais... comme c'est triste!... »

Et le bonhomme mouilla son troisième mouchoir à tabac, précieusement marqué, par sa chère Catherine, d'un C et d'un B.

CHAPITRE III.

LE COURTIER.

Borné dans sa nature, infini dans ses vœux,
L'homme est un dieu tombé qui se souvient des cieux,
Soit que, déshérité de son antique gloire,
De ses destins perdus il garde la mémoire,
Soit que de ses désirs l'immense profondeur
Lui présage de loin sa future grandeur.

De LAMARTINE. — *Méditation* II.

Le commerce! ah! monsieur, le commerce! c'est le lien des nations, la fraternité de la grande famille, la providence du pauvre, la sécurité du riche!... Ah!... monsieur, le commerce!!!

WANDRYE, *Essai d'Économie politique pratique*.

Le soleil, se levant pur, radieux, caressait la surface de l'Océan, comme pour le consoler de la tempête de la nuit, et le sourd murmure des vagues, encore agitées par un reste de houle, ressemblait aux derniers grondements d'un chien qui s'apaise à la vue de son maître.

La Catherine entra dans la rivière des Poissons, située vers le sud de la côte occidentale d'Afrique, et, remorquée par sa chaloupe, commença à remonter le courant pour gagner une petite anse dessinée par un des contours du fleuve. Ce fleuve coulait lentement au travers d'une majestueuse forêt, et ses eaux tranquilles reflétaient un ciel bleu, des arbres verts chargés d'oiseaux et de fruits de toutes couleurs.

Ici le mimosa aux feuilles grêles et dentelées, l'ébénier avec ses élégantes girandoles jaunes, les sabris aux gousses rouges appuyées sur des abricotiers sauvages; là des saules courbés par le courant qui entraînait leur longue chevelure lisse et argentée, tandis que des lianes flexibles les entouraient d'un réseau de fleurs pourpre.

Quelquefois un large et brusque rayon de soleil, perçant ce sombre feuillage, l'illuminait en partie, de sorte qu'on pouvait voir la tête et le col orangé d'un didrick briller vivement éclairés, pendant qu'une ombre capricieuse, venant durement trancher ce coloris éclatant, voilait d'une terne demi-teinte le reste de son corps et les longues plumes blanches de sa queue.

Ainsi, lorsqu'un rapide jet de lumière, pénétrant par une étroite entrée, traverse une salle obscure, on voit aussitôt tourbillonner au milieu de l'axe de ce rayon une foule d'atomes scintillants. Ainsi, tout ce qui dans ce bois se trouvait inondé de cette nappe de clarté resplendissante étincelait de mille feux: c'étaient des perroquets rouges agitant leurs ailes d'un noir velouté, des flamands roses, des colibris nuancés d'or et d'azur, des cardinaux incarnats avec leur aigrette ondoyante et soyeuse.

Et puis le beau rayon s'arrêtait à la surface du fleuve, s'y réfléchissait, jouait un instant sur les nénufars blancs, des campanules bleues, asiles parfumés d'une myriade d'insectes dont les corselets diaprés chatoyaient comme autant de rubis et d'émeraudes. Enfin il s'éteignait comme à regret, le beau rayon, en laissant sur la surface du fleuve une éblouissante auréole qui contrastait avec les ombres vertes et transparentes projetées par l'épaisseur des arbres de la rive.

Quand le brick eut atteint l'endroit désigné pour son mouillage, un petit canot, monté par trois marins, remonta plus à l'est le courant du fleuve, et arriva bientôt à une partie du rivage qui paraissait mieux frayée. « Sciez, sciez, mes garçons, » cria Benoît en se levant du banc de l'arrière où il était assis, et, donnant une légère impulsion à la barre, il profita du reste de l'air de l'embarcation pour accoster.

« Mouille un grapin, Caiot, — dit-il ensuite à un jeune quartier-maître, — et, si je ne suis pas revenu dans une heure, retourne à bord, et viens demain matin me prendre ici. »

Puis, au moyen d'une planche jetée de la yole au rivage, M. Benoît descendit à terre et se mit à suivre un sentier dont il paraissait connaître parfaitement les détours.

« Pourvu, — pensait le digne homme en s'éventant avec les vastes bords de son chapeau de paille, — pourvu que ce diable de Van-Hop soit encore à son habitation : il doit pourtant savoir que c'est l'époque à laquelle je ne manque jamais de venir... quinze jours plus tôt ou plus tard. — C'est un drôle de corps que ce père Van-Hop, il vit là au milieu des bois comme s'il était chez lui; il n'a rien changé de ses anciennes habitudes; ça faisait tant, tant rire ce pauvre Simon... Ah! enfin, il faut se faire une raison. »

On entendit aboyer un chien.

« Bon ! — dit Benoît, — je reconnais la voix du vieux César, l'ancien doit être encore dans sa cassine. »

Les aboiements du chien se rapprochèrent, et l'on distingua en outre une voix aigre et perçante qui disait en grondant : « Ici, César, ici ! ne vas-tu pas prendre un homme pour une panthère ? »

Le sentier que suivait le capitaine de la Catherine faisait en cet endroit un coude assez brusque ; aussi se trouva-t-il tout à coup devant une maison bâtie en pierre rougeâtre et recouverte d'un toit de brique ; de fortes grilles de fer protégeaient les fenêtres, et une large palissade semblait défendre l'entrée de cette demeure.

« Eh bien ! bonjour, bonjour, père Van-Hop, » criait Benoît en tendant amicalement la main au propriétaire de cet édifice ; mais celui-ci ne bougea pas, et se recula au contraire d'un air maussade, comme pour barrer sa porte.

Figurez-vous un petit homme sec, grêle, qui ressemblait à une fouine, mais propre, mais soigné, mais tiré, comme on dit, à quatre épingles. Quand il ôta son chapeau de feutre, luisant de vétusté, on vit une petite perruque blonde minutieusement peignée : il portait une sorte de houppelande grise à collet, un gilet chocolat à boutons de métal, et une culotte de velours foncé ; enfin des bottes à revers un peu poudreuses, du linge fort blanc et de volumineux cachets en graines d'Amérique complétaient sa parure.

Il restait là sur le seuil de sa porte, calme et sans crainte, je vous le jure ; seulement il tenait par contenance un excellent fusil à deux coups, avec lequel il badinait, tout en armant et faisant craquer la batterie. Puis il siffla son chien, qui s'était mis en arrêt sur maître Benoît.

« Comment, — dit ce dernier, — comment, père Van-Hop, vous ne me reconnaissez pas ? mais c'est moi... c'est Benoît... votre ami Benoît... eh bigre... mettez donc vos lunettes... »

Ce que fit prudemment le vieillard ; après quoi il s'écria avec un accent hollandais fortement prononcé :

« Eh ! c'est vous, compère Benoît... mais vous arrivez bientôt... ce n'est pas un reproche au moins, au contraire, je suis enchanté de vous rendre mes devoirs... Mais par quel hasard... — Un hasard... un hasard de nord-ouest, qui m'a démâté de mon grand mât, et qui m'a poussé chez vous comme si le diable eût soufflé dans ma voilure... — Désolé, mon cher capitaine, désolé ; mais ne restez pas à vous rôtir au soleil, entrez donc, entrez donc, vous prendrez quelque chose, un pied d'éléphant... une tranche de bosse de bison... ou un filet de girafe... Holà, holà... Cham, Stropp, allons donc, paresseux, servez-nous. »

Et à ces cris, deux mulâtres qui dormaient sur une natte se levèrent lentement pour obéir à leur maître.

Après quelques façons cérémonieuses, telles que — après vous... non, je suis chez moi... — je n'en ferai rien, etc., etc., — Van-Hop et Benoît entrèrent dans une maison parfaitement propre et tenue à l'européenne. Les deux vieux amis s'étant placés devant une table de bois rouge soigneusement cirée et honnêtement garnie, la conversation s'engagea.

« Vous dites donc, capitaine Benoît, que votre grand mât...— Absent, père Van-Hop, absent ; mais ce que je regrette plus que toute ma mâture, c'est ce pauvre Simon, vous savez... — Eh bien !... ce que vous appelez ce pauvre Simon est... — Mort à la mer... mort comme un brave marin, en sauvant le brick... Ah !... »

Ici le père Van-Hop articula une espèce d'exclamation sourde et caverneuse, qu'on pourrait, je crois, formuler ainsi : — Peuh !... mais qui exprimait la plus entière indifférence ; c'était son habitude quand il avait entendu faire une question ou narrer un fait qui ne méritait, à son avis, ni intérêt ni réponse.

« Peuh !... fit donc Van-Hop, — faute d'un homme, le navire ne reste pas en panne ; mais faute d'un grand mât, c'est différent. Aussi, ne pouvant remplacer votre Simon, je pourrais toujours, je le crois du moins, vous fournir un bon mât. Voyons un peu. »

Et il tira lentement d'un grand casier un volumineux registre qu'il feuilleta quelque temps, puis il posa son doigt décharné sur une des pages et continua.

« Oui, j'ai votre affaire, mon brave capitaine, c'est le bas mât d'une corvette anglaise que le vent a jetée à la côte il y a quelque temps, je l'ai en magasin... Nous mettrons cela à mille francs, c'est bien donné... — Bigre ! donné... donné... mais vous avez donc un magasin maintenant ? Peuh !... reprit Van-Hop en souriant avec modestie, — quand je dis un magasin... voyez-vous, je veux dire mon enclos, un coin où j'ai ramassé ce que j'ai pu retirer de ces débris ; j'ai de l'ordre, vous le savez, et chez moi tout est casé et étiqueté, et puis j'ai pensé que quelqu'une de mes pratiques pourrait en avoir besoin ; il ne faut pas songer qu'à soi. — C'est délicat, et en outre, à l'occasion, ça rapporte mille francs... au moins... — Peuh ! — fit le courtier. — Mais, dites-moi, père Van-Hop, une fois mon navire réparé, il me faut aussi un chargement. »

Alors les petits yeux fauves du vieillard brillèrent de plaisir, son nez pointu sembla s'agiter d'un mouvement de merveilleuse olfaction. Il fut encore chercher un autre registre coté T. N., n° 2, et, après l'avoir parcouru un instant, il dit en souriant :

« J'ai ce qu'il vous faut, capitaine ; mais je ne voulais pas vous assurer avant d'avoir consulté mon carnet, car j'ai aussi promis un chargement à M. Drake, un capitaine anglais, qui doit m'arriver dans une

quinzaine, et je tiens à remplir mes engagements avec tout le monde... Vous ne connaissez pas M. Drake... capitaine ? — Non.... — C'est un fort aimable garçon ; par exemple, il est roux, et il louche un peu ; mais le cœur sur la main, un galant homme ; il ne regarde pas à deux sous de plus ou de moins ; il a de la fortune, et fait la traite en amateur.... parce qu'après tout il faut bien s'occuper à quelque chose... — Payer sa dette à son pays, ajouta Benoît ; — mais revenons à mon chargement. — Eh bien ! digne capitaine, ce chargement est le meilleur, la plus favorable occasion du monde ; depuis trois mois, les grands et petits Namaquois se font une guerre continue, et le roi des grands Namaquois mon voisin, à qui j'ai parlé de vous, et qui désire avoir l'avantage de faire votre connaissance, capitaine, — dit Van-Hop en se levant de sa chaise et saluant avec grâce. — Vous êtes trop honnête, — répondit Benoît, qui savait vivre. — Le roi Taroo donc a une admirable partie de petits Namaquois de la rivière Rouge, dont il se défera au meilleur marché possible ; ce sont des nègres tout jeunes... pas trop jeunes pourtant, de vingt à trente... des épaules... des poitrails... il faut voir cela ; et ensuite se nourrissant très-bien, ce qui est rare, et puis très-doux, très-doux ; mon Dieu ! on les mènerait avec un fouet à lanières simples... de vrais agneaux... enfin c'est une affaire d'or... ça vous va, n'est-ce pas ? — Y aura-t-il une commission pour vous comme la dernière fois ? — Peuh ! — fit le courtier, — comme je vous attendais d'un moment à l'autre, j'ai été au Kraal (village) de Taroo, et je l'ai engagé, dans notre intérêt commun, à bien diriger ses prisonniers, à les bien soigner, à les entretenir le mieux possible ; et, vrai, j'ai été dernièrement les voir dans leurs parcs... ils sont magnifiques, gras à lard, les compères ; par exemple, j'ai engagé Taroo à les mettre aux bourgeons de calebasse ; ça rafraîchit et donne un beau lustre à la peau. — Les bourgeons de calebasse ne sont pas méprisables, mais voyez-vous, père Van-Hop, de temps en temps deux ou trois figues de Barbarie et un grand verre d'eau fraîche, ça vaut peut-être encore mieux... Mais il faut surtout ne pas oublier le grand verre d'eau après ; sans cela, ça échauffe horriblement : et puis à terre, il n'est pas mal non plus de les faire suer, ça ôte la mauvaise graisse, comme dit le proverbe, nègre gras ne va pas. — Possible, capitaine, chacun tond son chien comme il l'entend. — reprit Van-Hop d'un air piqué. — Oh ! père Van-Hop, ce n'est pas que je veuille dire que votre recette est mauvaise ; au contraire, vous vous y entendez... et très-bien... vous êtes un malin. — Peuh !... que voulez-vous, capitaine, le gouverneur du Cap m'a chassé pour une misère ; obligé, par la sentence, de m'en éloigner de cinquante lieues, je me suis établi dans cette habitation que j'ai achetée d'un colon qui redoutait l'entourage ; moi, au contraire, au moyen de quelques cadeaux, je suis parfaitement avec les hordes voisines ; elles n'ont aucun intérêt à me faire du mal, puisque je les aide à se débarrasser de leurs prisonniers, et, après tout, je rends service à tout le monde-là ; autrefois ils se mangeaient comme des bêtes féroces, et les Namaquois de la rivière Rouge font encore de ces plaisanteries-là, parce qu'ils n'ont aucun moyen d'exportation. — Bien, se dit Benoît à parte, — j'ai furieusement envie de rôder par là... C'est une terre promise, j'y aurai le bois d'ébène pour rien, j'en suis sûr. »

Et il reprit haut : « Comment, ils se mangent ? brrr... brrr... ça fait frémir. — Je le crois bien ; aussi il faut voir comme les grands Namaquois se défendent, et se tuent même plutôt que de se rendre à leurs ennemis. — Il faut pourtant espérer que les petits Namaquois finiront par se civiliser, — observa judicieusement Benoît, — par se vendre... — Parbleu ! au moins ça profite à quelqu'un... — C'est ce que je me tue à leur expliquer ; en Europe, s'ils ne se vendaient pas on n'en achèterait pas... Sortez de là si vous pouvez. — Tenez, voyez-vous, capitaine, dans votre Europe ils sont cent fois plus sauvages que les nègres... Ah çà !... que m'apportez-vous en échange ? — Comme à l'ordinaire : des quincailleries, des verroteries, de la poudre, des fusils, du plomb en saumon et du fer en barre. — Très-bien ; alors, mon ami, nous nous occuperons d'abord de mettre votre brick en état ; pendant ce temps-là j'irai prévenir le roi Taroo d'amener ses noirs. Ah çà ! vous me restez à souper et à coucher. Demain, au point du jour, vous retournerez à votre bâtiment, et moi j'irai au Kraal... C'est convenu... vous le savez, je suis rond en affaires. »

Les deux négociants causèrent longuement, soupèrent bien, et furent se coucher un peu ivres.

CHAPITRE IV.

LA VENTE.

> Qu'ils sont doux, mais qu'ils sont rapides, les
> moments que les frères et les sœurs passent dans
> leurs jeunes années, réunis sous l'aile de leurs vieux
> parents ! La famille de l'homme n'est que d'un jour ;
> — le souffle de Dieu la disperse comme une fumée :
> à peine le fils connaît-il le père. le frère et la sœur.
> Le chêne voit. germer ses glands autour de lui : il
> n'en est pas ainsi des enfants des hommes !
>
> CHATEAUBRIAND. — *René.*
>
> « Foi de Dieu, compère, la génisse et le veau
> cinquante¦écus marqués? — Non, cinquante-cinq...
> — Cinquante. — Cinquante-cinq... c'est donné. —
> Cinquante... — *Allons,* mettons-en cinquante-deux,
> compère, et rompons la paille... Nous demanderons
> ensuite une cruche de vin et une galette de blé
> noir. — Tope... compère.... ma croix en Dieu. —
> Tope, compère, ma croix en Dieu. — Paille rom-
> pue, marché fait. »
>
> CONAM-HEC. — *Mœurs bretonnes.*

Deux jours après l'entrevue du capitaine Benoît et du respectable Van-Hop, *la Catherine* se balançait sur les eaux tranquilles de la rivière aux Poissons ; et, grâce au bas mât de la corvette anglaise, que le courant avait apporté jusqu'à la hauteur du brick, qui fut ainsi remâté au moyen de deux bigues dressées sur les gaillards, il était impossible de retrouver à bord la trace des ravages de l'ouragan.

Les caillebottis et les panneaux avaient été enlevés, afin d'aérer et de sanifier la cale, pendant que l'équipage remplissait les barriques d'une eau pure et fraîche. On allait en consommer une si grande quantité !

Il était environ midi, et le capitaine Benoît, légèrement vêtu, s'occupait à remettre en ordre, à poser une foule de clous dont la destination était d'avance invariablement fixée ; puis il s'arrêtait pour considérer un instant le portrait de Catherine et de Thomas, et recommençait à ranger, frotter, étiqueter. Malheureusement, le matelot de veille à l'avant du brick vint l'arracher à ces touchantes et modestes occupations d'intérieur pour lui annoncer qu'une pirogue accostait à bord. C'était un des mulâtres de Van-Hop, qui, saluant Benoît, lui dit :

« Mon maître vous attend... capitaine... — Enfin... il est donc arrivé le vieux serpent ! je n'y comptais plus. — Capitaine, il revient du Kraal au moment même avec beaucoup de noirs et le roi Taroo qui l'escorte ; ils n'attendent que vous et les marchandises, capitaine. — Caïot, — dit Benoît à son quartier-maître, grand et beau garçon qui remplaçait le pauvre Simon comme lieutenant du capitaine.— Caïot, fais armer la chaloupe, mets-y neuf hommes, et embarque à bord les caisses et ballots que tu trouveras dans les soutes. — On est paré, — dit Caïot au bout d'une demi-heure. — Ah ça ! mon garçon, — reprit le capitaine, — je te laisse à bord ; fais toujours bien aérer l'entre-pont, préparer les barres de justice, les fers, les menottes ; que tout cela soit propre, convenable, décent ; enfin qu'ils se trouvent ici comme chez eux... ou à peu près. — N'y a pas de soin, capitaine, ça sera gréé à donner envie d'y fourrer les pieds et les mains : je vais faire border le lit de ces messieurs, et il faudra qu'ils soient bien difficiles s'ils ne sont pas contents : car les draps ne feront pas de plis, je vous jure. — C'est cela, mon garçon ; avant tout l'humanité, vois-tu, parce qu'enfin ce sont des hommes comme nous, et une bonne action trouve tôt ou tard sa récompense. » ajouta Benoît de la meilleure foi du monde.

Quand les marchandises furent arrimées à bord de la chaloupe, et que plusieurs matelots s'y furent en outre placés, M. Benoît descendit dans sa yole, et, devançant l'autre embarcation, arriva bientôt près de M. Van-Hop qui l'attendait à sa porte.

« Allons donc, allons donc, capitaine ; arrivez donc, flâneur. — C'est bien plutôt vous, père Van-Hop ; deux jours... deux jours entiers... — Si vous croyez que les affaires vont vite avec ces gaillards-là, vous vous trompez ; ils sont plus adroits qu'on ne le pense, diable ! mais enfin le roi Taroo est là dans ma case ; vous allez le voir et vous entendre avec lui... mais vos marchandises ? — Ma chaloupe les apporte ; j'ai laissé un homme dans la yole pour leur montrer le chemin aux autres et les conduire ici. — Avec les marchandises ? — Sans doute.... soyez tranquille.... — Bien... très-bien... Maintenant je vais vous présenter à Sa Majesté... — Dites-moi donc, compère, je ne suis guère en toilette pour me présenter devant Sa Majesté... j'ai une barbe de sapeur... et puis ce veste... — Allez donc, allez donc... ne voulez-vous pas lui donner dans l'œil... vieux coquet » — dit plaisamment le courtier en poussant Benoît dans l'intérieur de la maison.

Le roi Taroo, majestueusement assis sur la table (au grand déplaisir de Van-Hop), les jambes croisées comme un tailleur, fumait dans une grande pipe.

C'était un fort vilain nègre de quelque quarante ans, paré de son mieux, fièrement coiffé d'un vieux chapeau à trois cornes chargé de petites plaques de cuivre et portant pour tout vêtement une grande canne à pomme argentée et un lambeau de ceinture rouge qui lui ceignait à peine les reins.

Comme le courtier parlait fort agréablement namaquois, il servit d'interprète ; et, après une heure de vive et chaleureuse discussion, on convint de se fier aux lumières de Van-Hop, qui devait rédiger les bases du traité consenti de part et d'autre : il tira donc une écritoire de corne d'un secrétaire de noyer, tailla soigneusement une plume qu'il approcha vingt fois de ses yeux, et qu'il imbiba d'encre, à la grande satisfaction de Benoît, dont la patience était à bout.

Puis il lut lentement ce qui suit à Benoît, après l'avoir préalablement traduit au roi Taroo.

« Sur l'habitation de l'Anse-aux-Prés, ce... etc.

« Moi, Paul Van-Hop, agissant au nom de... Taroo (*nom de baptême en* « *blanc*), chef du Kraal de Kanti-Opow, tribu des grands Namaquois, je « vends au nom dudit Taroo, à M. Benoît... (Claude-Borromée-Martial), « capitaine du brick *la Catherine,* savoir :

« Trente-deux nègres, race de petits Namaquois, sains, vigoureux et « bien constitués, de l'âge de vingt à trente ans ; ci-contre, 32 nègres.

« *Item :* Dix-neuf négresses à peu près du même âge, dont deux pleines « et une ayant un petit de quelques mois... que le vendeur donne noble- « ment par-dessus le marché ; ci-contre, 19 négresses.

« *Item :* Onze négrillons et négrillonnes de neuf à douze ans, ci-con- « tre, 11 négrillons.

« Total : 32 nègres, 19 négresses, 11 négrillons. »

Et le courtier accentuait son addition comme s'il eût dit :
Total : 32 livres 19 sous 11 deniers.

« Lesquels il livre audit Benoît (Claude-Borromée-Martial), moyen- nant... »

Ici le courtier fut interrompu...

« Mon bon Van-Hop, dit le capitaine, ajoutez : et à dame Catherine-Brigitte Loupo, son épouse, comme étant en communauté de biens, meubles et immeubles...—Ce n'est pas la peine... monsieur Benoît.— Si fait, car je dois bien ça... à ma pauvre épouse... — Comme vous voudrez... » reprit Van-Hop.

Le chef Taroo, s'étant fait expliquer par Van-Hop le sujet de la discussion, et n'y comprenant rien du tout, but deux verres de rhum.

Le courtier continua après avoir accédé au désir de Benoît, et mentionna dame Catherine-Brigitte Loupo ; puis il reprit :

« Moyennant : Vingt-trois fusils complets, garnis de leur baguette, « batterie et baïonnette cinq quintaux de poudre à tirer ; vingt quin- « taux de fer en barre ; quinze quintaux de plomb en saumon, et six « caisses de verroteries, colliers, bracelets en cuivre et en fil de laiton, « qu'il s'oblige à remettre à moi, Van-Hop (Paul), agissant aux nom et « place du chef Taroo. *Item,* pour mes frais de commission, déplace- « ment, etc., ledit Benoît s'engage à me remettre, dans les vingt-quatre « heures, la somme de mille livres en argent monnayé et ayant cours, « sans préjudice du marché fait, pour lui avoir fourni les matériaux « nécessaires pour radouber et remâter son brick. Fait double entre « nous, etc. (1) »

Ceci bien entendu, le chef Taroo agita la tête, et, levant un bras en signe d'acquiescement, pinça le nez de l'époux de Catherine, qui répondit à cette royale faveur par un salut fort courtois.

« Voici la plume, capitaine, dit Van-Hop, maintenant signez. — Tout cela est bel et bon, mais, avant de signer, je voudrais voir nos *messieurs* et nos *madames.* — Rien de plus juste, capitaine, je ne suis pas de ces gens qui, comme on dit, conseillent d'acheter chat en poche... venez par ici... vous les examinerez tout à votre aise. »

Ils s'approchèrent alors de l'enclos où l'on avait provisoirement renfermé les noirs.

Hommes, femmes, enfants, étaient étendus à terre, les mains liées derrière le dos par une corde qui, leur entourant aussi les pieds de nœuds assez lâches pour leur permettre seulement de marcher, remontaient encore faire le tour du cou et se rattachait enfin au gros palmier qu'on leur faisait porter en route sur les épaules, par mesure de prudence.

Benoît examina ces noirs en fin connaisseur. Il leur fit craquer leurs articulations pour juger de la souplesse des membres, puis ouvrir la bouche afin de voir l'état des dents, du palais et des gencives ; élever et abaisser les paupières dans le but de s'assurer si le globe de l'œil était pur et limpide ; regarda la plante de leurs pieds pour être certain qu'il n'y avait aucune trace de *chiques* ou insectes malfaisants qui déposent leurs œufs sous l'épiderme, et causent ainsi de violentes maladies... quelquefois le tétanos... par exemple ; leur frappa doucement le sternum et écouta la poitrine résonner *bon creux*; leur mit le genou sur l'estomac, sans appuyer trop fort... (oh ! non certes, le cher homme !) mais seulement pour juger si, malgré cette pression, la respiration s'échappait facile et sonore... enfin il s'occupa encore longtemps d'appré-

(1) Tout ce traité est historique et existe en double au greffe du tribunal de Saint-Pierre (Martinique), comme pièce à l'appui d'un procès fait à un nègre.

cier et de découvrir une foule de défauts ou de qualités qu'il nous est impossible d'énumérer ici.

Pendant ce long et consciencieux examen, que nous venons de décrire en partie, Benoît avait quelquefois souri d'un air de satisfaction : deux fois même, à la vue d'une belle et forte nature d'homme, il allongea ses lèvres en faisant entendre un léger sifflement admiratif; d'autres fois, au contraire, ses sourcils s'étaient contractés, et un énergique hum, hum, ou une forte inclinaison de la tête sur la clavicule gauche avaient témoigné de son mécontentement.

Pourtant, après quelques réflexions, employées sans doute à supputer les chances probables de son marché, il dit à Van-Hop : « J'accepte, compère, et vous faites une affaire d'or... — Peuh... mais, capitaine, avant de partir, examinez donc un peu, je vous prie, ce gaillard que le chef Taroo m'a donné pour épingles. C'est un des plus beaux nègres que j'aie vendus de ma vie; voyez, c'est fort comme un bison, grand comme une girafe; mais, par exemple, il est si têtu, si têtu, qu'après l'avoir roué de coups pour l'engager à se servir de ses jambes, le roi Taroo a été réduit à le faire apporter ici comme un jeune taureau récalcitrant, tenez... plutôt... »

Et il lui montrait un nègre qu'on pouvait juger d'une haute et puissante stature, quoiqu'il fût courbé en deux, ayant les pieds et les mains joints attachés ensemble.

« C'est, je crois, continua Van-Hop, le chef du Kraal ennemi, un petit Namaquois; il s'entête, mais quinze jours de régime du bord et des colonies, il deviendra doux comme une gazelle. »

Taroo, qui les avait suivis, après s'être ingéré de glorieuses rasades d'eau-de-vie, s'approcha, et à la vue de son ennemi rallumant sans doute sa colère et sa haine, il se mit à injurier et menacer bien grossièrement le petit Namaquois; mais celui-ci fermait les yeux avec une dignité stoïque, et ne répondait à ces invectives que par un chant triste et doux.

Ce sang-froid irrita fort le chef Taroo, qui lança une pierre au malheureux noir; mais, comme elle ne l'atteignit pas, il allait sans doute recommencer, lorsque Van-Hop le prit par le bras et lui dit en bon namaquois :

« Doucement, doucement, grand chef, ce prisonnier est à moi maintenant, et vous allez me le détériorer... Ne confondons pas, s'il vous plaît. »

Taroo continua ses cris et ses menaces; ces mots surtout : Atar-Gull, revenaient sans cesse au milieu de ses hurlements sauvages.

« Que diable chante-t-il là ? — demanda Benoît. — C'est son nom... il s'appelle, à ce qu'il paraît, Atar-Gull. — Drôle de nom ! Le premier petit chat qui naîtra de Moumouth... c'est le chat angora de ma femme, père Van-Hop... je l'appellerai... comment dites-vous ? — Atar-Gull... Dites comme moi... tenez : Atar... — Atar...—Bien, très-bien... Atar... Gull. — Atar... Gull... Atar-Gull... — Parfait... — Je le dirai comme ça jusqu'à demain : Atar-Gull... C'est égal, c'est un bien drôle de nom... Ah çà, combien voulez-vous du compère ?... — Voyons, pour vous, et à cause de votre épouse, mettons cent piastres. — Cent piastres !... et moi, que gagnerais-je donc ? Mon Dieu... cent piastres... cent piastres ! — Vous le vendrez trois cents à la Jamaïque... Tenez, comme c'est bien ! quelles épaules ! quels bras ! Il est un peu maigre, mais quand il aura repris... Vous verrez... d'abord je vous jure qu'il a du fond... — Quatre-vingts piastres, et c'est une affaire arrangée, père Van-Hop, et vraiment c'est une folie; mais tenez, pour le dire entre nous, j'emploierai mon gain à acheter des marabouts et un cachemire que je destine à madame Benoît, et puis à faire construire un petit canot pour Thomas, qui est fou de marine. — Allons... Ah !... vous faites de moi tout ce que vous voulez: mais vous êtes si bon mari, si bon père... je ne peux rien vous refuser... Va pour quatre-vingts gourdes... C'est donné. »

Enfin l'affaire conclue, les marchandises livrées à Van-Hop, car Taroo, à force de goûter le rhum, était tombé ivre-mort, les nègres rafraîchis, Benoît obtint que l'escorte du chef de Kraal se joindrait à ses huit matelots pour conduire par terre les nègres vendus jusqu'au mouillage de la Catherine; là ils devaient être embarqués ou hissés à bord, selon la bonne volonté ou la résistance de chacun.

Quant à Atar-Gull, un fin serpent, avait dit le chef Taroo, Benoît le fit porter à bord de la chaloupe, et le recommanda particulièrement à la surveillance du patron.

Toutes ces petites dispositions prises, l'argent compté, les échanges faits, Benoît et Van-Hop n'avaient plus qu'à se séparer, jusqu'à la première traite, d'autant plus que le capitaine voulait profiter de la marée et d'une bonne brise d'est ; or, suivant ce sage axiome : « Que le vent n'attend personne, » il tendit cordialement la main au courtier :

« Allons, père Van-Hop... Au revoir. — Et Dieu fasse que ce soit bientôt, digne capitaine. — Encore une poignée de main ; c'est plaisir que de traiter avec vous, père Van-Hop. — Ce bon capitaine, ça me fend le cœur de vous voir partir ; mais tenez, encore deux ou trois ans de séjour sur la côte, et après nous m'emmènerez avec vous en Europe... — Bien vrai... ce sera une fameuse partie, nous rirons, allez... Mais je bavarde, et je devrais déjà être à mon bord... Adieu, adieu, mon vieux... »

Et ils s'embrassèrent à s'étouffer; c'était à arracher des larmes, à attendrir un cœur de roche. »

« Tenz père Van-Hop, avec ces bêtises-là vous me feriez pleurer

comme un veau... Adieu, — dit brusquement Benoît; et d'un saut il fut dans sa yole qui descendit le courant du fleuve avec rapidité. — Encore adieu, digne capitaine, — criait Van-Hop en le saluant de la main ; — bien des choses à madame Benoît, bon voyage... — Au revoir, compère, » répondait Benoît, qui de son côté agita son chapeau de paille tant qu'il put apercevoir le courtier sur le rivage.

Deux heures après, tous les noirs étaient dûment embarqués, arrimés, encaqués dans le faux pont de la Catherine, les nègres à bâbord et les négresses à tribord : quant aux négrillons, on les laissa libres.

Atar-Gull fut séparément mis aux fers.

Il est inutile de dire que, pendant toutes ces manœuvres, les noirs s'étaient laissé prendre, mener, lisser et enchaîner à bord avec une insensibilité stupide : ne pensant pas qu'on pût avoir d'autre but que de les dévorer, ils mettaient, selon la coutume, tout leur courage à rester impassibles.

Avant de lever l'ancre, monsieur Benoît fit faire une bonne distribution de morue, de biscuit et d'eau un peu mêlée de rhum.

Mais presque aucun nègre n'y voulut toucher, ce qui n'étonna pas le digne capitaine, car les noirs, on le sait, restent ordinairement les cinq ou six premiers jours du voyage à peu près sans manger ; aussi c'est alors que le déchet le plus à craindre ; ce moment passé, sauf quelques fâcheux résultats de la chaleur et de l'humidité, la proportion des pertes est fort minime.

Enfin il mit à la voile par un joli vent frais de sud-est, vers les trois heures du soir, et à six heures... au coucher du soleil, la côte d'Afrique ne se dessinait plus au loin que comme une ligne brumeuse et étroite.

LIVRE DEUXIÈME.

CHAPITRE PREMIER.

L'INCONNUE.

> Si mon songe de bonheur fut vif, il fut de courte durée.
> CHATEAUBRIAND. — Atala.

> « Vous voulez être riche ? » Elle l'était, la coquine, deux fois plus qu'elle ne le méritait. « Et vous le serez : puisque c'est l'or que vous aimez, il faut aller vous chercher de l'or.
> DIDEROT. — Ceci n'est pas un conte, vol. VII.

Dors, va, dors en paix, brave capitaine ; allonge tes bras engourdis sur la toile fine et blanche tissée par ta Catherine. La vois-tu assise au coin d'un feu pétillant, dans les longues soirées d'hiver, l'œil fixe, humide ; elle quitte quelquefois le travail pour attacher un long regard sur ton portrait, elle est en jouant avec l'épaisse chevelure de Thomas, pendant que Moumouth, grave et silencieux, lèche et polit sa fourrure soyeuse et bigarrée.

Alors elle calcule sans doute avec angoisse le terme de ton voyage, la vertueuse épouse ! C'est qu'aussi tu l'aimes tant, la digne femme ! Pour elle, tu braves des dangers sans nombre ; pour elle, capitaine Benoît, tu te voues corps et âme à un métier atroce, tu passes pour un brigand, pour un ignoble vendeur de chair humaine, toi... toi, dont l'âme est si naïve et si pure ! Tu devras rendre, il est vrai, un bien effrayant compte devant Dieu !... mais tu auras au moins procuré à Catherine une douce et paresseuse existence. Tu seras tout consolé, brave homme, et tu grimaceras encore un insouciant sourire au milieu des flammes de Lucifer, en voyant peut-être Catherine, assise dans le ciel, pêle-mêle avec les blonds chérubins aux ailes de moire et d'azur.

Comment aussi le retour d'un pareil mari ne ferait-il pas époque dans une famille ?

Je ne saurais pourtant vous dire au juste si Catherine espère ou redoute ce bienheureux retour... peut-être le sait-il... ce grand canonnier de marine étendu complaisamment dans le fauteuil unique de M. Benoît, coiffé de la gorra de M. Benoît, fumant, enfin, dans la meilleure pipe de M. Benoît, du tabac de M. Benoît; alors que Thomas et Moumouth regardent par moments cet intrus d'un air craintif et colère.

Eh ! mais j'y pense ; si, pendant que le brave capitaine trafique avec le père Van-Hop, affronte les tempêtes... Catherine... le ?...

Bah... bah... dors, va ; dors, Claude ; dors, Martial ; dors, Borromée ; rêve, rêve le bonheur et la fidélité de ta femme... Un songe heureux, vois-tu, frère, c'est encore ce qu'il y a de plus positif dans notre tant joyeuse existence.. dors, la brise fraîchit, ton autre Catherine est en route (et elle est doublée, chevillée en cuivre, celle-ci !...)

Bonne ! bonne Catherine, elle n'est pas coquette non plus, celle-ci. Oh ! mon Dieu, tous les ans, une pauvre couche de goudron, quelques voiles neuves, un coup de peigne dans son grément, et la voilà pimpante et proprette, toujours douce, soumise, obéissante... Ah ! digne Benoît, c'est à celle-ci que tu devrais borner tes amours... Au lieu de ton gros Thomas, tu te serais donné un joli petit sloop, vif, léger, hardi, qui eût voltigé autour de ton brick comme un jeune alcyon autour de sa mère.

Cette Catherine-ci aurait reçu dix, vingt, trente canonniers... que tu n'en eusses pas été jaloux... certainement non, au contraire, comme vont le prouver les événements.

Enfin, dors toujours... le soleil va se lever pur et radieux, si j'en crois cette légère vapeur et cette teinte de pourpre qui lutte à l'orient contre les dernières ombres de la nuit, et fait pâlir les étoiles.

Dors, capitaine ; ton second, ton autre Simon, ton fidèle Caiot, veille pour toi, veille pour tous...

Depuis quelques instants, lui et sa longue-vue, incessamment braquée vers le sud-est, observaient dans cette direction avec une infatigable curiosité.

« Je donnerais mon quart de vin pendant huit jours, — se disait Caiot, — pour que le soleil fût haut... Par tous les saints du calendrier, il me semble pourtant voir quelque chose... non... si... diable de brume... une fois le soleil levé, je serais sûr... allons encore... Ah ! voici enfin une clarté de crépuscule ; gueux de fanal, sors donc... sors donc... ah ! enfin le voilà... est-il rouge ce matin !... Mais oui... oui... je distingue parfaitement... c'est une goëlette tout au plus à un mille de nous... ah çà... mais... je n'ai jamais vu de voilure comme la sienne... quelles basses voiles... quels huniers ! quelle mâture penchée sur l'arrière ! ... »

Et, en énumérant ces singulières qualités, la figure de Caiot prenait peu à peu une expression d'étonnement nuancée d'une légère teinte de frayeur.

« Mais, — reprit-il en braquant de nouveau sa lunette, — elle a l'air d'avoir le même cap que nous. On dirait qu'elle navigue dans nos eaux, n'y a pas de soin ; mais il faut toujours prévenir le capitaine. »

D'un bond, Caiot fut à la porte de la dunette ; et, après sept minutes d'un bruit à réveiller un chanoine, la porte s'ouvrit lentement, et M. Benoît apparut sur le pont, tout étonné, débraillé, ébouriffé, se tordant les bras, se frottant les yeux encore lourds de son bon gros sommeil, et entremêlant cette expressive pantomime de oh !... de brrr... de ah !... il fait frais... brrr... etc.

« Bigre de Caiot, » dit enfin le capitaine qui commençait à avoir des idées lucides.

Or, je ne suis pas superstitieux ; mais il me semble peu convenable de saluer le soleil par un quasi juron, par « bigre, bigre de Caiot, » car je me rappelle toujours en tremblant le sort de ce pauvre Simon (que les flammes de l'enfer ne lui soient pas trop ardentes !).

« Bigre de Caiot, — fit donc le capitaine, je dormais bien... Enfin, que me viens-tu chanter ? — Je crains que ce soit une drôle de ronde... capitaine ; c'est une goëlette qui paraît vouloir... — Ah ! mon Dieu... une goëlette... c'est peut-être celle que nous deux ce pauvre Simon nous avions déjà signalée ! — C'est possible, capitaine ; voici la longue-vue... — Donne... donne, mon garçon... Ah ! mais... oui... bigre... c'est bien cela ; et ça n'est qu'il a l'air de nous suivre ? — Voyez plutôt, capitaine. — Ça ne dit rien, on peut faire la même route sans pour cela suivre les gens comme des voleurs à la piste. — Si vous m'en croyez, capitaine, nous laisserons porter un quart de plus, nous virerons de bord s'il le faut ; et si elle imite en tout notre manœuvre, nous serons bien sûrs alors qu'elle veut nous appuyer une chasse. Hein ? — Pourquoi faire nous chasser ? ce n'est pas un bâtiment de guerre préposé pour empêcher la traite, c'est tenu comme une piguière ; si c'est un pirate, il doit bien voir à notre air d'où nous venons, et qu'il n'y a rien à faire ici pour lui... — Dame, capitaine... voyez... mais elle approche... elle nous gagne... c'est-elle-là qui a des jambes... bon, voilà qu'elle grée ses ka-katoës... et toujours le cap sur nous ; c'est là que je reconnais l'entêtement, — dit Caiot en agitant son index. — Écoute, garçon, fais venir un peu au vent, après laisse arriver ; virons enfin de bord... et si elle nous suit toujours, nous lui demanderons ce qu'elle nous veut, n'est-ce pas ?... — c'est plus franc... »

D'après cette décision, la Catherine se mit à louvoyer.

Vous êtes-vous quelquefois trouvé la nuit, dans un ciel voilé, dans une de ces longues rues de Cordoue si sombres et si étroites, errant avec insouciance et entendant sans l'écouter le bruit encore cadencé de vos pas, qui retentissait sur les larges dalles des trottoirs ?

Abîmé dans une douce et amoureuse pensée, vous marchiez toujours ; mais votre imagination s'égarait ailleurs, soulevait peut-être cette jalousie verte, ces lourds rideaux de soie... que sais-je, moi ?

Lorsqu'un autre bruit de pas, qui semblait être l'écho de votre marche, écho d'abord lointain, puis plus proche, puis enfin tout près de vous, appelait votre attention, et vous tirait d'une ravissante rêverie, sans doute.

Alors, redressant la tête, élevant votre cape sur vos yeux, et cherchant dans votre poche la crosse mignonne et ciselée d'un pistolet, chef-d'œuvre d'Ortiz père, doyen des armuriers de Tolède, vous ralentissiez fièrement le pas...

— On ralentissait le pas derrière vous.
— Vous le doubliez...

— On le doublait.
— Vous quittiez le trottoir gauche....
— On quittait le trottoir gauche.
— Vous alliez à droite...
— On allait à droite.
— Vous reveniez à gauche...
— On revenait à gauche.

Las enfin, et prenant le milieu de la rue, car en Espagne les entrées de porte sont dangereuses, — vous vous retourniez bravement en disant au fâcheux : Seigneur cavalier, que veut Votre Grâce ?

Et Sa Grâce pouvait voir luire dans l'ombre le canon damasquiné du chef-d'œuvre d'Ortiz père.

Alors ici le drame se simplifiait ou se compliquait singulièrement.

Eh bien ! la Catherine agissait exactement agi sur l'Océan comme vous aviez agi dans la rue de Cordoue ; elle avait louvoyé, — viré, — tourné ; — la damnée goëlette avait louvoyé, viré, tourné.

Or le capitaine Benoît, ne conservant plus aucun doute sur les intentions de ce navire, n'imita pas votre impertinente fanfaronnade ; d'abord parce qu'il n'avait pas de canons à bord, et qu'il s'était aperçu, dans les différentes manœuvres exécutées par la goëlette, qu'elle avait des canons et beaucoup.

Et puis l'âge et l'expérience avaient mûri cette vieille tête grise ; aussi ordonna-t-il simplement à Caiot de mettre dehors toutes les voiles du brick, ce fût à Caiot d'échapper par la fuite à cet infernal curieux. C'était, vous voyez, un moyen que vous pouviez encore employer pour dénouer le drame de la rue de Cordoue.

Le brick marchait comme un poisson ; mais la goëlette volait comme un oiseau, et on voyait même qu'elle ne déployait pas encore toutes ses ressources, se contentant d'observer toujours une honnête distance entre elle et le brick.

Celui-ci se couvrit de toile ; elle, sans efforts, avec calme, sans paraître augmenter sa voilure... doubla sa vitesse, et se maintint toujours à la même portée.

« C'est infernal, — disait Benoît qui, ne comprenant rien à cette manœuvre, voyait l'immense supériorité de la goëlette sur son brick... — Puisqu'elle marche mieux que moi, pourquoi ne pas profiter de son avantage, et me dire tout de suite ce qu'elle veut, au lieu de s'amuser avec Catherine comme un chat avec une souris ? »

Il ne croyait pas dire si juste, le pauvre homme.

« Capitaine... tenez... tenez, la voilà qui ouvre la bouche, — dit Caiot en voyant l'éclair qui précéda un coup de canon... — N'y a pas de soin, — dit-il en levant la tête au long sifflement qui cria dans les cordages : — C'est à boulet ! — Ah çà, mais est-elle bête ? — dit Benoît rouge de colère. — Qu'est-ce que ces bigres de sauvages-là ? et pas un canon à mon bord... — hurlait le capitaine en se rongeant les pouces. — Aussi a-t-on jamais vu un négrier attaqué par un pirate, car ça ne peut être que ça... »

Un second éclair brilla, et ce ne fut point un sifflement, mais bien un bruit sourd et mat que l'on entendit ; c'était un boulet qui se logeait dans la précédente.

« Ah ! bigre... bigre... bigre de goëlette... elle va me couler comme une outre... — Capitaine, — fit Caiot, pâle et blême comme tout l'équipage que ces salves réitérées avaient attiré sur le pont, et qui devisait fort agité sur tout ceci, — capitaine, elle veut peut-être vous prier de vous mettre en panne ? — J'y pensais ; mais c'est bien dur. Allons, allons, brassez tribord, la barre sous le vent. »

L'effet des voiles se neutralisant, le brick resta immobile ; alors aussi le feu cessa à bord de la goëlette qui s'approcha tout près de la Catherine, et on entendit ces mots s'échapper de l'orifice d'un large porte-voix :

« Ohé ! du brick, envoyez une embarcation à bord avec le capitaine dedans. — Avec le capitaine dedans ! — répéta ironiquement Benoît : — plus souvent que j'irai... est-ce qu'il se fiche de moi ? sans pavillon, sans signe de reconnaissance, avec sa tournure de flibustier ! et ! oui... pas mal... Pauvre Catherine, va... si tu savais que dans ce moment... »

Le monologue de Benoît fut interrompu par le porte-voix de la goëlette, qui répéta avec le même accent, la même mesure :

« Ohé ! du brick, envoyez une embarcation à bord avec le capitaine dedans. »

Et puis aussi on vit briller un boute-feu sur les passe-avants de l'inconnue.

« Bigre de scie... je t'entends bien, — dit Benoît ; et, tâchant d'éluder la question, il répondit à son tour avec volubilité : — Ohé ! de la goëlette, d'où venez-vous ? — Que voulez-vous du capitaine ? — Pourquoi ne hissez-vous pas votre pavillon ? — De quelle nation êtes-vous ? — Je vous connais pas. — Je suis Français. — Je vais de Nantes à la Jamaïque. — Je n'ai rencontré aucun navire... »

Le porte-voix de la goëlette, dont on voyait toujours la large gueule, laissa déborder ce flux de paroles et de questions ; et, après un moment de silence, la grosse voix répéta avec le même accent, avec la même mesure :

« Ohé ! du brick, envoyez une embarcation à bord avec le capitaine dedans... »

Et un coup de canon, qui ne blessa personne, partit avec le dernier mot de la phrase, en manière de péroraison.

« L'... est il taquin ! — dit Benoît. — Allons, il faut y mordre. »

Oh! mon pauvre Simon, Simon, où es-tu?... La yole à la mer, Caïot, et quatre hommes pour y nager. — Capitaine... — dit Caïot, — défiez-vous; ça m'a l'air d'un flibustier. — Que diable veux-tu qu'il me prenne? Il a peut-être besoin d'eau ou de vivres... — C'est encore possible... le canot est paré, capitaine... »

Et le malheureux Benoît y descendit à peine vêtu, sans armes, sans chapeau... au moment où le maudit porte-voix répétait encore avec le même accent, avec la même mesure :

« Ohé! du brick, envoyez une embarcation à bord avec le capitaine dedans. — Le capitaine dedans... le capitaine dedans... Il y est, bigre d'animal, dedans... On y va... un instant donc! — grommelait Benoît comme un domestique récalcitrant qui répond à la vibrante sonnette d'un maître asthmatique et goutteux. — Allons toujours donner la pâtée aux moricauds, — dit Caïot, car ils crient comme des chacals. »

CHAPITRE II.

LA HYÈNE.

Hélas! chaque heure dans la société ouvre un tombeau et fait couler une larme.

CHATEAUBRIAND. — *René*.

. . . . Cette scène avait quelque chose d'étrange, qui étonnerait l'âme la plus assurée.

CHARLES NODIER. — *Roi de Bohême*.

C'est une étrange sensation que produit sur l'oreille le bruit qu'on fait en armant un pistolet, quand vous savez que le moment d'après votre sein va être visé à douze toises de distance ou à peu près; — cent, n'est-ce pas une distance honorable?

BYRON. — *Don Juan*, ch. IV, XLI.

Plus Benoît approchait de la goëlette, plus il concevait de défiance et de soupçons, surtout lorsque, arrivé tout près, il put distinguer les étranges compagnons qui, appuyés sur les bastingages, suivaient curieusement les manœuvres de son petit canot.

Ce fut aussi avec un imperceptible battement de cœur que le capitaine de la *Catherine* remarqua deux petits nuages d'une fumée bleuâtre qui, tourbillonnant au-dessus des caronades, attestaient les dispositions encore hostiles du singulier navire.

Enfin, Claude-Borromée-Martial accosta la goëlette.

(Ce fut, je crois, un vendredi du mois de juillet 18... à sept heures vingt-neuf minutes du matin.)

Au moment où Benoît se disposait à monter à bord, un coup de sifflet aigu, modulé, retentit fortement; cette marque de déférence, qui, dans la civilité nautique, signale toujours l'arrivée d'un personnage de distinction, rassura un peu notre bon capitaine.

« Ils ne sont pas encore si sauvages qu'ils en ont l'air, » dit-il en se hissant au moyen de tire-veilles qu'on lui avait jetées avec galanterie.

Il arriva sur le pont de la *Hyène* (la goëlette s'appelait *la Hyène*). Là, ma foi, n'eût été la grâce toute courtoise avec laquelle on avait sifflé pendant qu'il grimpait à bord, là, Benoît eût senti une bien poignante inquiétude, croyez-moi. Car il put considérer à loisir ce hideux équipage.

Quelles figures, bon Dieu !

Certes, l'équipage de la *Catherine* n'était pas tout composé de timides adolescents qui venaient de se séparer pour la première fois d'une bonne vieille mère, en emportant la sainte bénédiction, et qui s'essuyaient les yeux au seul souvenir de ses cheveux blancs, si vénérables, qu'ils baisaient chaque matin avec respect et joie en disant : « Bonjour, mère! »

Avant le départ, tous n'avaient pas été murmurer une humble prière à la bonne Vierge qui protège les marins, et puis offrir naïvement sur son autel une modeste couronne de pâquerettes des bois. Et lorsque le soleil, disparaissant le soir sous un immense dais de pourpre et d'or, semblait changer la mer en un océan de feu, et inondait encore le brick d'une clarté flamboyante, certes, tous peu allaient d'habitude se prosterner sur le pont et unir leurs voix reconnaissantes en un religieux cantique, dont les touchantes paroles se mêlaient aux majestueuses et sublimes harmonies de la nature. Ce n'étaient pas non plus de chastes et d'honnêtes pensées qui venaient sourire à leur ardente imagination, et dont ils se berçaient le soir en s'endormant balancés dans un hamac.

Certes, ils n'avaient pas de ces visages frais, roses et candides, de ces fronts blancs et purs qui se coloraient d'une si voluptueuse rougeur au premier regard d'une femme : ils ne soulevaient pas timidement de ces beaux yeux voilés de longs cils de soie, de ces yeux qui disent à seize ans : « Oh !... comme j'aimerais une femme qui voudrait de moi... mais, mon Dieu, quelle femme voudra de moi?... — Vous, peut-être, madame? » Pauvre enfant! s'il le savait!

Revenons aux marins de Benoît : non, certes, ils n'étaient pas ainsi; j'avouerai même, ils se montraient un peu blasphémateurs. — un peu

buveurs, — un peu querelleurs, — un peu tueurs, — un peu joueurs, — un peu voleurs, — un peu adonnés aux négresses, aux Espagnoles, aux Indiennes, aux Japonaises, aux Américaines, aux Haïtiennes, même aux Namaquoises, grandes ou petites, cela dépendait de la route qu'ils suivaient.

Mais, grand Dieu ! quelle différence avec l'équipage de la *Hyène*, quels hommes! ou plutôt quels démons !

Laids, sales, déchirés, couverts de méchants haillons, noirs de poudre et de fange, basanés, cuivrés, bronzés, cicatrisés; les cheveux et la barbe longs, malpropres, les yeux farouches et creux, les ongles crochus, et des jurements, des plaisanteries ! ah!

C'était à donner la chair de poule à l'honnête Benoît, qui, après tout, faisait, si vous voulez, un petit trafic que quelques personnes réprouvent, mais au moins le faisait-il honnêtement, en conscience, et, après tout, comme il le disait avec beaucoup de justesse d'esprit : « Pour soutenir les colonies; car, sans colonies, adieu sucre, adieu café, adieu indigo, etc. »

Ces réflexions, je vous le dis, vinrent en foule assaillir le capitaine Benoît lorsqu'il fut sur le pont de la *Hyène*. Et ce pont avait aussi, comme tous ces atroces visages, une expression, une physionomie particulière. C'étaient des manœuvres mêlées et confondues, des armes jetées çà et là, pour qu'on pût les trouver toujours prêtes, un plancher humide et boueux, couvert, en quelques endroits, de larges taches d'un rouge noir, des canons en état de faire feu, mais remplis de crasse et de rouille; puis, sur quelques affûts, encore des taches de ce même rouge noir, mêlées de certains débris membraneux, séchés et racornis au soleil, que Benoît reconnut en frissonnant pour être des lambeaux de chair humaine !

Oh ! c'est alors qu'il regretta le pont de son brick, si blanc, si propre, si net ! son grément lisse et peigné, les jalousies vertes de sa petite chambre, ses jolis rideaux de toile perse, bigarrés et émaillés de fleurs comme un parterre... et sa moustiquaire diaphane... et son lit où il dormait si bien... en son verre de gyn, humé lentement en compagnie de ce pauvre Simon, tout en causant de Catherine et de Thomas, de ses riants projets pour l'avenir, de sa modeste ambition et de son espoir de finir ses jours par une belle soirée d'automne, à l'ombre des acacias qu'il avait plantés, entouré de deux ou trois générations de petits Benoîts.

Oh ! mon Dieu, Montaigne a bien raison ! *Comme la fatalité nous masche!*

« Tu as b..... renâcle pour venir au lof, vieux marsouin, » lui dit un homme à figure repoussante, et qui n'avait qu'un œil; cet intrigant était à peine vêtu d'un pantalon déchiré, d'une vieille, vieille chemise de laine rouge, sale et grasse, et ceint d'une corde au travers de laquelle passait la lame d'un grand couteau à manche de bois.

Ici Benoît rassembla sa dignité, son courage, et répondit sans émotion :

« Vous aviez seize canons et je n'en avais pas un... c'est pas cher d'amariner des gens à ce prix-là, bigre! un gros souffleur, qu'il faut gouverner droit, parce que la raison est toujours du côté des canons... et, tu vois si nous sommes raisonnables... » le gentilhomme en lui faisant observer que les gaillards étaient parfaitement garnis.

« Enfin, — reprit Benoît avec impatience, — vous m'avez hêlé, que voulez-vous de moi? Je perds le brisé ; est-ce que vous allez m'embêter encore longtemps comme ça ? — N'y a que le commandant qui puisse te répondre ; en attendant, sois calme et ronge ton câble, ça t'empêchera de grincer des gencives... — Le commandant ! ah ! vous avez un commandant ici?... ça doit être du propre, — dit l'imprudente Benoît avec une sorte de moue dédaigneuse. — Mords ta langue, vieille carogne, ou je te l'arrache pour la jeter aux requins ! — Mais, bigre d'enfer... — s'écria le malheureux capitaine — enfin, que me voulez-vous?... — est-ce de l'eau ou des vivres ? — C'est de l'eau et des vivres, toujours de l'eau et des vivres, même du rhum, ça ne peut jamais nuire. — Dites donc cela tout de suite... Ohé !... toi, Jean-Louis, — cria Benoît à un des canotiers, — rallie le bord et apporte dans le torse al la mine de pousser au large. — Toi, — dit l'interlocuteur de Benoît en s'adressant au matelot précité, — toi, Jean-Louis, je t'*infuse* deux balles dans le torse si tu fais mine de pousser au large. — Oh ! quelle bigre, bigre de scie ! vous ne voulez donc ni eau ni vivres? — Nous irons nous-mêmes en chercher à ton bord, vieille bête. — Comme il danse, fit Benoît. — Tu verras, dit le gis, et sans toi, encore. »

Ici le capitaine de la *Catherine*, au lieu de répondre, clignota des yeux, enfla sa joue gauche en la soulevant avec sa langue, et tapa légèrement sur cette proéminence du bout de son index.

Cette pantomime, bien inoffensive, vous le voyez, parut pourtant insultante au gentilhomme, car, d'un revers de sa large main, noire et velue, il étendit le pauvre Benoît sur le pont, en lui disant :

« Est-ce que tu prends le Borgne pour un mousse, dis donc? Attachez-moi cet animal-là par les pattes, vous autres... »

Ce qui fut fait malgré tous les *bigres* réitérés de Benoît. Les matelots de son embarcation étaient tenus en respect par le Borgne et ses honnêtes amis.

Une grosse tête, hideuse et crépue, sortit du panneau en criant : « Le Borgne... le Borgne, le commandant demande ce qu'on déralingue sur le pont. — C'est le vieux caïman qui gouverne le brick, *que l'on fait se taire...* »

La grosse tête disparut. Puis elle reparut.

« Eh ! — dit le vilain mousse, — eh ! le Borgne, le commandant ordonne qu'on lui apporte le *monsieur*. »

Et, bon gré, mal gré, l'honnête Benoît fut affalé par le panneau, et se trouva auprès d'une petite porte qui donnait dans la cabine du seigneur et maître de *la Hyène*.

Là, le misérable entendit une voix, oh ! une voix de tonnerre qui hurlait :

« Mais qu'on le coupe en deux comme une pastèque, ce vieux gueux-là... s'il se rebiffe... Ah ! on l'a apporté !... eh bien ! qu'il entre... et nous allons nous voir le blanc des yeux ! » . . . .

Ici, Claude-Martial-Borromée pensa à Catherine et à Thomas, boutonna sa veste, passa la main dans ses cheveux gris, toussa deux fois... se moucha... et entra...

CHAPITRE III.

MONSIEUR BRULART.

> Peut-être, messieurs, ne savez-vous pas ce que c'est que le pal ?   JULES JANIN. — *L'Ane mort.*

> Je frissonnai, et je crus que ma dernière heure était arrivée.
>
> P. MÉRIMÉE. — *L'Enlèvement de la redoute.*

En vérité, il méritait bien de commander *la Hyène* et son hideux équipage.

Telle fut la première réflexion du capitaine Benoît lorsqu'il se trouva face à face avec ce personnage.

Figurez-vous un homme de taille athlétique, avec un visage pâle et plombé, un front plissé, un nez long et mince, d'épais sourcils d'un noir de jais, et des yeux d'un bleu clair et vitreux d'une fixité insupportable ; un menton large et carré, des joues creuses, recouvertes d'une barbe épaisse à moitié longue, et puis enfin une bouche bordée de lèvres minces et blafardes, agitées par un tremblement convulsif presque continuel, qui, par exemple, laissaient voir, pourquoi ne l'avouerait-on pas, de fort belles dents parfaitement rangées.

Pour tout vêtement, il portait une grosse chemise bleue à moitié usée qu'il attachait ordinairement autour de ses reins avec un bout de bitord ; aussi Benoît put-il admirer à son aise la force puissante de ses membres musculeux, bruns et velus.

Seulement ses mains, toutes malpropres, toutes noires qu'elles étaient, témoignaient, par leur forme longue et effilée, par la délicatesse de leurs contours, témoignaient, dis-je, d'une certaine distinction de race...

Le commandant Brulart (car il avait un nom et s'appelait Brulart), même aucuns disent un nom ancien, un nom historique, qui, déjà illustre sous François Ier, fit pâlir plus d'une fois les généraux de Charles-Quint ; quant à moi, je ne crois guère à ces dires : toujours est-il que M. Brulart était assis sur un vieux coffre, et avait devant lui une petite table tachée de graisse et de vin sur laquelle il s'appuya quand il vit entrer Benoît.

Ce fut donc la tête dans ses mains, les coudes sur la table, son regard clair et perçant attaché sur le bon homme, qu'il s'apprêta à engager la conversation.

Benoît, voulant lui épargner la peine de commencer, prit la parole avec dignité :

« Saurai-je enfin pourquoi... » — Mais M. Brulart l'interrompit de sa grosse voix :

« Pourquoi toi-même ! chien ; au lieu de m'interroger, réponds... Pourquoi as-tu été si longtemps à mettre ton *Ourque* en panne ? »

A ces mots, le front de M. Benoît se colora d'une vive et légitime indignation ; il fût peut-être resté impassible pour une injure adressée à lui personnellement, mais insulter son brick... sa *Catherine* ! appeler son joli navire une *Ourque*... c'était plus que qu'il n'en pouvait supporter ; aussi reprit-il vivement :

« Mon brick n'est pas une *Ourque*, entendez-vous, malhonnête ! et, si je n'avais pas un bas mât trop pesant, je rendrais les huniers à votre bateau. »

Ici M. Brulart fit trembler la goëlette aux éclats de son gros rire, et continua sans changer de position :

« Tu mériterais bien, vieille carcasse démâtée, que je te fisse amarrer à une ligne de lock, et que je te f..... à la mer, à la remorque de ma goëlette, pour que tu puisses juger si elle file bien ; mais je te réserve mieux que ça... oui, mon vieux, mieux que ça, — dit Brulart en voyant l'air étonné de Benoît ; — mais ce n'est pas encore l'heure ; dis-moi, d'où viens-tu ? — Je viens de la côte d'Afrique, je fais la traite, j'ai mon chargement, et je vais à la Jamaïque pour y vendre mes noirs. — Je savais tout cela mieux que toi, je te le demandais pour voir si tu mentirais. — Vous le saviez ?... — Je te suis depuis Gorée. — C'est donc vous que j'ai vu avant l'ouragan... dans la brume ? — Un peu... ainsi, touche là, confrère, salut ! — et Brulart tendit au capitaine Benoît ses cheveux noirs, comme si c'eût été la corne d'un chapeau ; — ah ! nous faisons la traite ! et moi aussi... j'en suis enchanté. — J'étais sûr que nous

nous entendrions, — dit Benoît un peu rassuré par cette parité d'état.—Mais, dis-moi, tes noirs, où les as-tu pris ? car l'ouragan nous a séparés, et je ne t'ai retrouvé que cette nuit. — Sur la côte, à l'embouchure de la rivière des Poissons ; ils m'ont été vendus par un chef de Kraal des grands Namaquois : c'est une partie des petits Namaquois qui provenait d'une prise faite pendant la guerre. — Ah ! vraiment... — Mon Dieu, oui : j'avais même eu l'idée, si mon chargement n'eût pas été complet, de descendre jusqu'au fleuve Rouge, pour acheter des grands Namaquois, car ils se sont fait des prises des deux côtés ; et, si les grands Namaquois vendent les petits, les petits mangent les grands Namaquois. — Ah ! ils les mangent ! — Ils les mangent à la croque-au-sel, — répéta Benoît tout à fait rassuré, en faisant l'agréable ; — ainsi commandant, vous voyez, puisqu'ils les mangent, ils les vendraient peut-être à bon marché aussi, et je vous enseigne cet endroit comme un *bon coin*. — Oh ! moi, je prends mes cargaisons de noirs ailleurs ; c'est une combinaison à part, une espèce de tontine dans laquelle j'*amortis* beaucoup. — Ah ! — fit Benoît ouvrant ses petits yeux, — c'est une tontine ; pourrai-je en être ? — Comment ! mon brave, tu y es déjà ! — Déjà... dit Benoît, qui n'y comprenait rien. — Déjà... Mais, dis-moi, tu as quitté la rivière des Poissons ?... — Hier soir... mais cette tontine... — Bien ; ton estime t'éloigne de la rivière ?...—De vingt lieues environ... et cette tontine que ?... — Et tu es sûr que les petits Namaquois du fleuve Rouge sont aussi fait prisonniers des grands Namaquois ?—Sûr, sûr : c'est leur chef Taròo qui me l'a dit ; mais vous voyez, commandant, que je m'amuse aux lanternes, tout ce que je puis faire pour vous, c'est de vous donner six tonnes d'eau et deux barils de biscuit : vous concevez qu'avec près de quatre-vingts noirs à bord, et vingt hommes d'équipage, c'est beaucoup ; mais nous causerons de la tontine, et, vrai comme Catherine est mon épouse, je me saigne pour vous. — C'est le mot, — dit Brulart en souriant d'une façon singulière. — Je ne puis pas faire un fifrelin de plus ; — ajouta Benoît d'un air décidé. — Je te jure pourtant, moi, par tous les reins que j'ai brisés ! » cria Brulart.

Et il leva sa tête d'entre ses mains...

« Par tous les crânes que j'ai fendus !...»

Et il se dressa debout.

« Par tous les gosiers que j'ai échancrés ! »

Et il marcha sur Benoît.

« Par tous les navires que j'ai pillés ! »

Et il regarda le malheureux capitaine sous le nez.

« Que tu feras davantage pour moi, monsieur des grands Namaquois. — Me trahiras-tu ? — demanda Benoît pâle comme la mort. — Si je te trahis ?... »

Et à peine Brulart avait-il terminé ces mots, qui furent accentués lentement, qu'un vrai rire homérique, ou plutôt tout méphistophélétique, ou mieux encore, un vrai rire de hyène, souleva sa large poitrine.

« Ah ! gredin... bigre de forban... » dit l'honnête Benoît en lui sautant au cou...

Mais Brulart saisissant les deux bras de Benoît les emprisonna dans un poignet de fer, tandis que de l'autre main il dénoua la corde qui lui servait de ceinture, et, en quelques minutes, Benoît fut ficelé, lié, enchevêtré, de manière à ne pouvoir faire le plus léger mouvement ; après quoi Brulart le posa en travers sur son grand coffre, en lui disant :

« A tout à l'heure, nous allons rire... confrère. »

Et il monta sur le pont au bruit des imprécations, des injures, des bigres, des hurlements du malheureux Benoît, qui sautait par soubresauts sur son coffre comme un poisson sur le sable.

CHAPITRE IV.

ARTHUR ET MARIE.

> « Oh !... lui dit-il en mourant ; oh ! mon Anna, coupe les boucles de mes longs cheveux qui ressemblent aux tiens... — Au moins, — se dit à part la douce fille, — je pourrai donner des bagues à mes amants sans dégarnir ma chevelure. — Ils me suivront au tombeau... qui, je te le jure, est entr'ouvert, mon adoré... » reprit-elle tout haut.
>
> Une larme brilla dans les yeux ardents du moribond.   (*Historique.*)
>
> Ils auraient dû vivre invisibles dans l'épaisseur des bois, comme les rossignols invisibles ; ils n'auraient jamais dû habiter ces vastes solitudes appelées sociétés, où tout est vice et haine : chaque créature née libre se plaît dans un secret asile. Les oiseaux les plus doux ne nichent qu'avec une compagne, l'aigle prend seul son essor, la mouette et les corbeaux se réunissent en troupes des cadavres, comme les humains sont mortels.
>
> BYRON. — *Don Juan,* ch. IV, xxix.

Pour en finir une bonne fois avec tous les antécédents, vrais ou faux, attribués à Brulart, nous rapportons ici une anecdote qui, sans se rattacher précisément à son histoire, y a trait, en ce sens que le héros de l'aventure porte aussi ce nom ancien, historique, déjà illustre sous François Iᵉʳ, ce nom dont quelques-uns honoraient Brûlart, ainsi qu'on l'a fait observer ailleurs.

— A peine âgé de vingt-sept ans, le comte de *** avait déjà mené une existence passablement orageuse ; doué par la nature d'une puissance physique et intellectuelle extraordinaire, jeune encore, il s'était livré avec emportement à tous les excès, à toutes les débauches, et conséquemment avait beaucoup diminué le patrimoine considérable que lui avait légué son père.

— Il vit par hasard dans le monde, où il allait très-peu, une jeune fille fort belle, mais sans fortune.

— Par hasard aussi il en devint éperdument amoureux ; c'était son premier amour véritable. Or, un premier amour de débauché, c'est, on le sait, la passion la plus frénétique, la plus violente qu'on puisse imaginer.

— La jeune fille, fort belle, répondit bien à la passion frénétique ; mais comme elle était aussi sage que jolie, mais comme sa tante, qui l'avait élevée, s'était mariée quatre fois et possédait naturellement une prodigieuse expérience de ce bas monde, on n'accorda ni un baiser, ni un serrement de main avant l'union civile et religieuse.

— Le comte de *** avait remarqué dans Marie (la fille fort belle s'appelait Marie) une tête ardente, des idées exaltées, et surtout un profond instinct du confortable qui n'attendait que la jouissance d'une fortune brillante pour se développer.

— Or, avant de signer le contrat, il lui dit à peu près ceci :

« Marie, j'ai des vices, des défauts et même des ridicules... »

— La jeune fille sourit... en montrant deux rangées de petites perles blanches.

— « Marie, je suis violent, emporté, querelleur, et jusqu'à présent malheureux en duels comme en amour... »

— La jeune fille soupira, en le regardant avec un air de compassion touchante et sincère. Mais il fallait voir quels yeux !... et comme les soupirs allaient bien à cette gorge de vierge !

— « Marie, j'avais beaucoup d'argent, beaucoup ; les chevaux, les chiens, la table et les femmes m'en ont absorbé une furieuse quantité... »

— La jeune fille sourit avec indifférence... en levant ses jolies épaules rondes.

— « Marie, il me reste, je crois, trois cent et quelques mille francs, vous avez dix-neuf ans, des émotions toutes fraîches à satisfaire : la vie est neuve pour vous ; le luxe, les plaisirs, le tourbillon enivrant d'une grande ville, vous sont inconnus... et, par conséquent, doivent vous faire grande envie. Pour répondre à tous ces besoins, j'ai peu d'argent, et beaucoup de défauts ; mais enfin voulez-vous de moi ? »

La jeune fille lui ferma la bouche avec sa main mignonne et potelée.

— Le comte de *** l'épousa donc.

— De quoi ses amis rirent beaucoup.

— Sa femme, jusqu'alors froide et réservée, se livra à tout le délire d'une première passion ; brune, jeune et ardente, elle sympathisa vite avec l'âme brûlante, le caractère fougueux de son mari.

Chose étrange ! la possession n'affaiblit pas leur ivresse, et les plaisirs du jour naissaient des souvenirs de la veille.

On l'a dit, quoique le patrimoine du comte eût singulièrement maigri, il avait encore une honnête rotondité de cent mille écus au moment du mariage.

Mais comme, avant tout, le comte adorait son idole, son dieu, sa Marie, son dieu resplendissait de pierreries, ne foulait que le satin et le cachemire, et n'aventurait jamais ses petits pieds sur le pavé des rues ou la poussière des promenades.

— Et le malheureux patrimoine desséchait, fondait à vue d'œil que c'était pitié.

— Or, un jour, sur les trois heures du soir, quatre mois après leur mariage, et le lendemain du retour du comte, qui avait fait une légère absence, ils étaient couchés tous deux, beaux de leur pâleur, de leurs traits fatigués : « Arthur, — disait Marie en peignant ses longs cheveux noirs qu'elle avait si beaux, avec ses jolis doigts blancs un peu amaigris, — Arthur... encore un mois de pareil bonheur... et puis mourir... dis, mon ange, nous aurons usé tous les plaisirs, depuis la molle et douce extase jusqu'au spasme nerveux et convulsif qui fait envier notre luxe, notre ivresse toujours renaissante... Nous sommes trop heureux... il est impossible que cela dure... devançons l'heure des regrets qui viendrait peut-être ! veux-tu, dis, mon amour ?... veux-tu mourir bientôt... Un charbon parfumé, ma bouche sur ta bouche, et nous nous en irons comme toujours... ensemble...»

Et la délicieuse créature, sa tête entre les mains, ses coudes à mignonnes fossettes appuyés sur les riches dentelles de son oreiller, attachait ses grands yeux battus et voilés sur la pâle figure de son mari.

— Arthur se dressa de toute la hauteur de son buste, son regard flamboyait, et une incroyable expression d'étonnement et de joie rayonnait sur son front... Il avait plongé dans une ravissante béatitude... cette idée lui était venue à lui... cinq jours avant, et au fait :

A vingt-huit ans il avait vécu autant qu'il est possible de vivre avec un corps de fer, une âme de feu et des tonnes d'or ; cette passion qu'il éprouvait pour sa femme semblait résumer toutes ses passions, car il

l'aimait de tout l'amour qu'il avait eu pour les chevaux, les chiens, le jeu, le vin et les filles d'opéra ou d'ailleurs.

Et puis aussi le misérable patrimoine était devenu si étique, si souffreteux, si chétif, si diaphane, qu'on voyait la misère au travers.

Et puis aussi, l'accord parfait qui avait existé jusque-là entre pouvoir et volonté (eût dit Scudéry) avait disparu... qu'aurait-il regretté ?...

Aussi Arthur ne répondit rien. Il est de ces sensations qu'aucune langue humaine ne peut exprimer : — deux grosses larmes roulèrent sur ses joues flétries... ce fut sa seule, son unique réponse...

Mais le dévouement de Marie eut une si inconcevable influence sur cet être énergique, qu'il l'exalta pour quelque temps encore à un degré de puissance inouïe et presque surnaturelle... Il faut avouer que cette influence magique ne s'étendit pourtant pas jusqu'au patrimoine, car quinze jours après il était défunt. Le patrimoine ! oh ! bien défunt... et lui donc !... Bone Deus ! pauvre Arthur !

« C'est donc aujourd'hui. — disait Marie, toujours belle, quoique amincie, car avant son mariage elle était un peu grasse, un peu colorée... — C'est ce soir... — répondit-il tendrement. — As-tu écrit ?... — demanda-t-elle. — Sois tranquille, on n'inquiétera personne, chère et bonne Marie. » Et ils arrivèrent calmes et joyeux dans les bois de Ville-d'Avray, car ils avaient abandonné l'idée de l'asphyxie ; c'est commun, au lieu qu'avec un bon poison rapide comme la foudre, on peut quitter la vie sous un bel ombrage frais et riant ; justement on était en juillet.

« Ce n'est pas une femme, c'est un ange, » disait Arthur en voyant Marie déboucher toute heureuse, toute souriante, un petit flacon de cristal mince, friable et rempli d'une belle liqueur limpide, verte comme l'émeraude.

Ils s'étendirent tous deux sous un chêne magnifique, dans un épais taillis, désert et reculé ; l'air était tiède, le ciel pur, le soleil à son déclin. « Devine, cher adoré... comment nous allons partager cette douce liqueur, — dit la jeune femme en jetant son bras blanc et potelé autour du cou de son mari, et le baisant au front. — Je ne sais, mon ange, — répondit Arthur avec insouciance en comptant sous ses lèvres les palpitations du cœur de Marie. — Eh bien ! — dit-elle avec un regard ardent et passionné, pendant qu'un frisson voluptueux semblait courir par tout son corps, — eh bien ! mon Arthur, nous mettrons ce mince cristal à moitié entre nos dents... et nous le briserons au milieu d'un de ces baisers délirants... tu sais... — Oh ! viens... donc... » dit Arthur.

Le soleil se coucha.

Le lendemain, à la nuit, le comte sortit comme d'un affreux sommeil, la langue rude et sèche... le gosier brûlant et des battements d'artères à lui rompre le crâne... Il était à la même place que la veille. Il sentit aussi mille pointes aiguës lui déchirer les entrailles.

Pour lors il se tordit, cria, mordit la terre, car il souffrait des douleurs atroces...

Dans un moment de calme, il chercha le cadavre de Marie avec angoisse.

— Elle n'y était plus...

— Les douleurs le reprenant, il se tordit de nouveau, hurla tant et si bien, qu'un honnête garde-chasse le recueillit, l'emmena dans sa maison et le soigna comme un fils.

L'incroyable force de tempérament du comte résista à cette violente secousse, et au bout de quinze jours il fut presque hors de danger.

Mais qu'était devenue Marie ? c'est ce qu'il ne put savoir.

Un matin le brave garde-chasse apporta, avec sa petite note pour les bons soins donnés à son malade (ce qui confirme l'humanité du garde-chasse à dix francs par jour), apporta, pour distraire son hôte, un numéro de l'honnête Journal de Paris.

Le comte se mit à le lire, et sa figure prit une expression bien étrange.

« Deux cents francs de récompense à qui ramènera chez M. M***, « rue***, un lévrier blanc, de grande taille, marqué de taches jaunes aux « oreilles, fort méchant, et mordant au nom de Vairdaw. »

Ce n'est pourtant pas cela qui pouvait faire craquer si violemment les dents du comte les unes contre les autres... continuons :

« Le nommé Chavard a été condamné à cinq ans de travaux forcés « et à la marque, pour avoir volé, avec effraction, escalade nocturne et « à main armée, cinq choux et un pain blanc ; mais, vu les circons-« tances atténuantes (Chavard jouissait, ayant ce crime, d'une bonne « réputation, est veuf, père de cinq petits enfants, vivait d'une industrie « qui venait d'être détruite par l'invention d'une nouvelle machine à « vapeur fort économique, employée par un banquier millionnaire). « Vu ces circonstances, on lui fait remise de la marque, etc., etc. »

Ce n'était pourtant pas non plus cette conséquence d'une civilisation très-avancée qui faisait pâlir le comte et rouler ses yeux sanglants dans leur orbite ; voyez autre chose, nous y sommes, je crois.

« Depuis quinze jours environ, le comte Arthur de*** a disparu de son « domicile ; il y a tout lieu de croire qu'un suicide a mis fin à ses jours, « et que des affaires dérangées et des chagrins domestiques l'auront « poussé à cette extrémité, d'autant plus que l'on assure que madame « la comtesse de *** est partie, la veille même ou le lendemain de la dis-

« parition de son mari, avec un des plus riches seigneurs de la capitale ; « ils ont pris, dit-on, la route de Marseille. »

C'est cela pour sûr qui terrifia le comte et le fit tomber sur son lit sans connaissance. Pendant cet évanouissement douloureux et poignant comme un cauchemar par une nuit d'été, lourde et chaude, il lui sembla voir des êtres fantastiques, hideux et flamboyants, qui, en se rapprochant les uns des autres, formaient un sens, comme s'ils eussent été les signes animés d'une langue inconnue.

Et il lut les mots suivants qui étincelaient et tournaient rapides, rapides comme la roue d'un moulin :

« Une jeune et jolie femme ne renonce jamais au luxe et aux plaisirs... — Pour se tuer, surtout... — Elle t'a joué, sot... — Elle a aimé ton or, quand tu avais de l'or... — Elle a aimé ta jeunesse et ta beauté, quand tu avais de la jeunesse et de la beauté. — L'orange est sucée, adieu l'écorce... — Elle en aime un autre qui a de l'or, comme tu avais de l'or ; de la beauté, comme tu avais de la beauté... — Elle a voulu se débarrasser de toi... — Elle a compté sur ta niaise exaltation... — Et puis sur ta ruine... — Et puis sur son sang-froid et son adresse pendant que tu te livrerais à un dernier transport frénétique et convulsif... — Et elle rit de toi avec son amant — son amant, son amant... — Car elle te croit mort — mort — mort... »

Père Van Hop.

Ici le comte fit un bond affreux, se réveilla, se dressa roide sur ses pieds, tout d'une pièce, la bouche écumante, et tomba en travers de son lit, les yeux grands, ouverts, fixes, presque sans pouls et faisant entendre un râlement sourd et étouffé...

Ce fut encore le bon garde-chasse qui le tira de cette nouvelle crise, qui le combla de nouveaux soins, toujours à dix francs la journée d'affection et d'attachement.

Quand le comte put se lever et marcher, il lui donna un brillant pour aller le vendre, le paya sur le prix, et s'en fut.

Onc depuis le bon garde-chasse n'en entendit parler.

S'il eût pourtant lu le *Sémaphore* de Marseille, il eût été peut-être frappé du paragraphe qui suit :

« Un crime affreux vient de jeter la consternation dans nos murs ; « depuis quelque temps, madame la comtesse veuve de *** était arrivée « ici avec M. de ***, parent de notre archevêque ; cette dame voyageait, « dit-on, pour sa santé, et voyait toute notre grande société, lorsque « hier, au coucher du soleil, des cris affreux partent de l'appartement « de cette dame, qui est logée sur le port, hôtel des Ambassadeurs. On « enfonce la porte, et on la trouve baignée dans son sang, percée de

« plusieurs coups de poignard ; elle n'a pu dire que ces mots à son « compagnon de voyage : « Je *le* croyais mort, il ne l'est pas... *il* vient « de m'assassiner... crains tout de *lui...* je n'ai aimé que toi, amour... » « — Et elle expira.

« Ses obsèques ont eu lieu ce matin dans l'église de Saint-Joseph ; on « est à la recherche de l'assassin, qui est, dit-on, le mari de cette dame, « le comte Arthur de *** qu'on avait cru mort ; mais on n'espère pas le « découvrir, car plusieurs témoins affirment avoir vu, avant-hier soir, « peu de temps après le meurtre, un homme marchant fort vite se diri-« geant vers le port, et dans la soirée on sait qu'un mistic sous pavillon « sarde a mis à la voile. Mais les plus fortes présomptions portent à « croire que ce monstre de jalousie a terminé sa vie dans les flots ; voici « le signalement affiché à la préfecture : Taille, cinq pieds dix pouces, « — très-maigre, figure longue et pâle, — sourcils noirs, barbe noire, « cheveux noirs, yeux bleus très-clairs, — dents blanches, — menton « carré, — vêtu d'une redingote verte et d'un chapeau rond. »

Nous n'aurions pas fatigué le lecteur de ces longs et fastidieux extraits de journaux, si la coïncidence de noms ne nous avait frappé, comme on l'a déjà dit.

Quoique le signalement précité offre quelques points de ressemblance avec celui du commandant Brulart, d'autant plus que, dix années s'étant écoulées depuis cette aventure, l'âge du comte Arthur de ***, s'il vivait, se rapporterait parfaitement à celui de Brulart, qui est maintenant, je crois, dans son trente-septième printemps ; pourtant nous n'oserions prendre sur nous d'affirmer l'identité ; nous laissons à la perspicacité du lecteur le soin d'éclaircir ce doute.

Toujours est-il que Brulart (comte ou non) monta sur le pont, laissant l'honnête Benoît maugréer à son aise, étendu sur le grand coffre.

CHAPITRE V.

QUE LE BON DIEU VOUS PUNIT DE FAIRE LA TRAITE.

> *. . . . Aliquis providet. . . . .*
> Marche au flambeau de l'espérance
> Jusque dans l'ombre du trépas,
> Assuré que ma providence.
> Ne tend point de piége à tes pas :
> Chaque aurore la justifie,
> L'univers entier s'y confie,
> Et l'homme seul en a douté ;
> Mais ma vengeance paternelle
> Confondra le doute infidèle
> Dans l'abîme de ma bonté.
>
> DE LAMARTINE. — *Méditation* VIII.

Lorsque M. Brulart parut sur le pont de *la Hyène*, tous les entretiens particuliers cessèrent comme par enchantement.

Et de fait, si ce personnage n'était pas affable et gracieux, il était au moins imposant et terrible aux yeux de son équipage.

Sa chemise ouverte laissait voir son cou bruni, ses membres nerveux et endurcis aux fatigues. Il s'appuyait sur une énorme barre de chêne qu'il faisait tournoyer de temps en temps, comme si c'eût été le plus mince roseau.

« Où est le Borgne, canailles ? » — demanda-t-il.

Le Borgne s'approcha.

« Fais armer la chaloupe en guerre, prends quinze hommes, deux pierriers à pivot, et va amariner le bateau de ce monsieur ; quant à ces chiens qui sont dans le canot, mène-les aussi à bord, et mets-les aux fers avec le reste de l'équipage du brick. A vous quinze vous pourrez manœuvrer ce bâtiment : imite mes mouvements, et navigue dans mes eaux... tu commanderas ce navire... veille aussi à la nourriture des nègres... allons, file... »

Les ordres de M. Brulart furent exécutés à la lettre ; seulement, lorsque Caïot vit arriver l'embarcation armée qui venait s'emparer de *la Catherine*, il eut le fol entêtement de vouloir résister un peu : aussi lui et deux autres, je crois, furent tués, et le Borgne pensa judicieusement que ce serait autant de moins à garder et à nourrir. Bientôt *la Hyène* orienta ses voiles, et, serrant le vent au plus près, mit le cap au sud, comme pour regagner la côte d'Afrique...

Benoît sentit alors, aux secousses du navire et au bruit qu'on faisait sur le pont, que la goëlette se remettait en route.

La brise fraîchit, et la marche de *la Hyène* se trouvait tellement supérieure qu'elle fut obligée d'amener ses huniers pour que *la Catherine* pût la suivre, et pourtant son nouveau commandant, le Borgne, la couvrait de voiles...

« Toi, timonier, le cap à l'est-sud-est, — dit Brulart, — et veille aux embardées, ou je te cogne. » — Puis il descendit retrouver son prisonnier.

« Ah ! brigand... forban, gredin... — cria celui-ci dès qu'il le vit, — ah ! si j'avais eu des canons et mon brave Simon, tu ne m'aurais pas pris comme un congre dans son trou... — Tout de même, papa... — Non !... bigre... non... — Comme tu voudras... mais il fait solidement soif... »

Brulart prit alors sa barre de chêne, et frappa le plancher.

Le mousse à la vilaine tête reparut, et à peine M. Brulart eut-il fermé ses doigts moins le pouce, qu'il tendit vers sa bouche en haussant le coude... qu'une grosse cruche de rhum était sur la petite table.

Le capitaine de la Catherine, toujours amarré sur son coffre, se trouvait dans l'impossibilité de faire un mouvement.

La causerie.

« Dis donc, confrère, — reprit Brulart après s'être ingéré un énorme verre de cette liqueur alcoolique ; — dis donc, pour passer le temps, jouons à un jeu, veux-tu ? à pigeon vole... non, tu es attaché ; à mon corbillon... c'est bien fade ; à M. le curé n'aime pas les os... ça sent le blasphème ; tiens, j'y suis, jouons à deviner ; je te préviendrai quand tu brûleras, comme nous disions au lycée Bonaparte. Voyons, devine... devine... ah ! tiens, devine ce que je vais faire de toi et de ton équipage ? — Bigre, ce n'est pas malin ! nous piller, scélérat... — Non ; va toujours... — Nous faire prisonniers... monstre... — Non, va toujours. — Eh bien donc ! nous massacrer, car tu es capable de tout... — Tu brûles... mais ce n'est pas ça tout à fait... — Mille millions de tonnerre... être là, immobile, amarré comme une ancre au capon... c'est à se dévorer la langue... — Tu donnes ta langue au chien... c'est-à-dire que tu renonces, que tu ne devines pas... Eh bien ! écoute. »

Il but encore un grand verre, et Benoît ferma les yeux...

Mais se ravisant : « Je ne veux pas t'entendre, vilain gueux, — s'écria-t-il, — je t'empêcherai bien de parler... tu vas voir... »

Et Claude-Borromée-Martial se mit à crier, à vociférer, à chanter, à hurler pour couvrir la voix de M. Brulart et ne pas ouïr ses atroces plaisanteries.

Deux ou trois matelots, épouvantés de ce bruit infernal, se précipitèrent à la porte de la cabine, croyant qu'on s'y égorgeait.

« Voulez-vous retourner là-haut, canailles, — dit Brulart, — ne voyez-vous pas que c'est monsieur qui s'amuse à chanter des romances namaquoises ! Ah ! scélérat de musicien, va ! »

Et le pauvre Benoît de continuer ses « Ah ! ah ! ses oh ! oh ! » sur tous les tons pour s'étourdir et couvrir la voix de son hôte.

« Ah, oui ! mais ça m'embête, — dit Brulart, — c'est bon un moment, et puis tu t'enroueras... »

En deux tours Benoît fut bâillonné ; ses yeux devinrent rouges comme du sang, et lui sortaient de la tête.

« A la bonne heure, sois gentil, et on causera avec toi ; pour ta peine,

je vais t'apprendre ce que je vais faire de ta seigneurie et de ton équipage. Je te dirai d'abord que j'avais autrefois la sottise d'aller acheter des noirs à la côte : tel bon marché qu'ils soient, c'est encore trop cher. Un jour que nous avions, moi et mes agneaux, dépensé jusqu'au dernier quart le fruit d'une assez bonne opération, j'eus l'idée de la tontine dont je t'ai parlé... Allons, reste donc tranquille, — tu te feras du mal... Or, je flâne le long de la côte... et quand j'aperçois un négrier que je suppose chargé, — crac... je mets son chargement dans ma tontine... et lui et son équipage, je les amortis comme j'ai eu l'honneur de te le dire... De cette façon, les noirs ne me coûtent que la nourriture, que la façon, et je puis les donner aux colonies à meilleur marché que mes confrères : ainsi tu vois la chose ; mais en t'entendant parler des grands et petits Namaquois, il m'est bien venu, pardieu ! une autre idée... tu vas rire. »

Benoît pâlit...

« Vois-tu, nous avons le cap à l'est-sud-est... c'est-à-dire que nous portons un peu au nord de la rivière Rouge, où nous allons, autrement dit, chez les petits Namaquois, dont tu as acheté les frères, parents et amis. »

Benoît fit un mouvement brusque et convulsif...

« Comprends-tu ?... j'ai un de mes agneaux qui parle très-bien caffre et namaquois ; je le mets dans ma chaloupe avec toi et ton équipage, et je vous expédie à terre... en faisant bien expliquer aux petits Namaquois que tu es l'homme blanc qui depuis longtemps les achète quand ils sont faits prisonniers par leur ennemi, le chef des grands Namaquois, et tu juges s'ils seront contents de se venger sur toi et les tiens du sort affreux que l'on fait endurer à leurs compatriotes. »

Les yeux de Benoît étincelèrent, et on entendit un gémissement étouffé.

Atar-Gull et Brulart.

« A la bonne heure, tu commences à comprendre... Ainsi donc, mon Caffre va trouver le chef du Kraal des petits Namaquois, et lui dit à peu près ceci :

« Grand chef ! mon maître, un homme blanc respectable, vient de donner la chasse à un autre blanc ; mais cet autre blanc est un misérable, le voici... Ce monstre a acheté à votre ennemi, le chef des grands Namaquois, tous les prisonniers qu'il vous a faits dans la dernière bataille... témoin, ce cadavre de l'un d'eux... qu'il a sans doute égorgé,

C'est, vois-tu, confrère, — dit Brulart en souriant d'une manière infernale et se penchant près de Benoît, — c'est un de tes noirs que nous préparons, c'est-à-dire que nous noyons à cet effet, pour prouver que c'est la vérité, parce que, s'il était en vie, il pourrait jaser... »

Les yeux de Benoît s'ouvrirent d'une affreuse manière... et ils semblèrent lancer des éclairs.

« Tu y es, n'est-ce pas, mon frère ? » continua Brulart. — Mon Caffre ajoute :

« Nous n'avons donc trouvé, grand digne chef, que ce cadavre ; ils avaient sans doute jeté les autres à la mer pour tromper la vigilance de mon maître, qui poursuit sans relâche ces atroces marchands de chair humaine... et n'être pas surpris en flagrant délit. Mais heureusement ce petit Namaquois est revenu à la surface de l'eau comme pour donner une preuve de leur crime... car Dieu est Dieu !... Or, grand chef, mon maître livre ce blanc et son équipage à ta justice et à ta sévérité, me demandant en échange, et pour leur faire subir la loi du talion, que vingt ou trente de vos prisonniers, compatriotes de ces grands Namaquois qui ont si indignement vendu tes frères à ce misérable ; et d'ailleurs, si vous destinez vos ennemis à être dévorés, tâtez du blanc, et vous verrez que c'est un manger fort délicat. »

Ici le linge qui bâillonnait Benoît se teignit peu à peu de sang... et ses yeux se fermèrent... Le malheureux capitaine venait de se rompre une artère par la violence de sa colère et de sa rage si longtemps comprimées...

Brulart le fit revenir à lui au moyen de quelques gouttes de rhum qu'il lui introduisit charitablement dans les yeux.

« Oh ! pitié... pitié... — dit Benoît d'une voix faible et entrecoupée...
— Je ne comprends pas, répondit Brulart en ricanant... — Pitié ! répéta le capitaine de la Catherine... — Je n'entends que le français... mais je continue. Tu juges de la joie du chef de Kraal et des siens de tenir des blancs ! ceux qui ont acheté les nègres leurs frères... ils ne marchandent pas, ils nous donnent en échange de vous autres des grands Namaquois à remuer à la pelle... et, quant à toi et aux tiens... voilà où est la farce, on vous scalpelle... on vous roue... on vous brûle... on vous mange, un tas de folies, quoi... et moi, qui garde ton brick, je me trouve par le fait avoir deux excellents navires, je charge ma goëlette des grands Namaquois qu'on me troque pour toi et tes tiens ! Je mets le cap sur les Antilles : je vends mes noirs à bon compte, et j'ai fait ainsi le bonheur des colons, de mon équipage, mais par-dessus tout j'ai puni un infâme négrier comme toi, qui vend ses frères ainsi que des bestiaux... Dis donc, après cela, qu'il n'y a pas une Providence, mon gros compère ! ouf... » et pour péroraison, Brulart absorba deux verres de rhum coup sur coup...

Le malheureux Benoît restait écrasé sous le poids de cette horrible éloquence, et ne pouvait placer une parole... Quand le corsaire eut fini, il se recueillit un instant et dit avec un calme affecté que démentait le tremblement de sa voix :

« Il est impossible qu'un projet aussi affreux puisse entrer dans la tête d'un homme... je ne croyais pas encore qu'on puisse voler un négrier... mais enfin, volez mon brick, mes noirs... mais, au lieu de me faire tuer sur la rive du fleuve Rouge, menez-moi à la rivière des Poissons, au moins là... j'ai des amis... je ne serai pas massacré... c'est encore moins pour moi que pour mon équipage, je vous le jure... la preuve, c'est que je vous le demande à genoux... tuez-moi... mais ne les exposez pas à un sort aussi horrible ; ces malheureux ont des familles, des femmes, des enfants. — Juste... Je suis fabricant de veuves et d'orphelins, c'est aussi ma partie. — Capitaine, — reprit le commandant de la Catherine, avec des larmes dans la voix... — Dieu me punit du métier que je fais, mais il est témoin que c'est avec humanité que j'ai exercé... et puis, capitaine, oh ! capitaine, j'ai une femme et un enfant... qui n'ont que moi... prenez tout... mais, par grâce, laissez-moi la vie... oh ! la vie ! que je revoie mon enfant. — Voyez-vous le volage ! tout à l'heure il voulait la mort ! arrange-toi donc... — Oh ! grâce... pour mon équipage et pour moi ! c'est une cruauté inutile. — Comment ; diable ; inutile... j'y gagne un brick et un chargement de noirs. — Mon Dieu, mon Dieu, que faire... ma pauvre femme et mon enfant... — disait Benoît en pleurant à chaudes larmes. — Bien, des larmes, bien, je voudrais, vois-tu, voir pleurer du sang... Oh ! j'ai eu aussi, moi, d'atroces douleurs dans ma vie ; il faut que l'homme paye ce que l'homme m'a fait souffrir, sang pour sang, torture pour torture... et j'y perds... — Mais, au nom du ciel, est-ce ma faute ? je ne vous ai jamais fait de mal... moi... — Tant mieux, ta souffrance sera plus affreuse. — Commandant... grâce... grâce... — Tu me fais rire... mais je vais m'assoupir, ainsi remets ta langue au croc, ou, bien mieux, je vais te remettre ton bâillon, ce sera sûr. »

Ce qu'il fit.

Puis il s'assoupit jusqu'à ce que son mousse Cartahut fût descendu et l'eût secoué fortement ; ledit Cartahut reçut de Brulart un vigoureux coup de poing pour son message et reprit en se frottant la tête :

« C'est la terre qu'on voit... — Ah ! chien... bien vrai, mort de Dieu, je rêvais que je voyais rôtir ce b... là, — dit Brulart en montant sur le pont... — Mais tu es donc un monstre... un cannibale?.. » criait sourdement Benoît malgré son bâillon ; sa voix s'éteignit...

Brulart, arrivé sur le pont, reconnut en effet les hautes montagnes sèches et rougeâtres qui cernent cette partie de la côte, et à l'aide de sa

longue-vue il distingua quelques cases à l'embouchure de la rivière Rouge.

Il est inutile de répéter ce qu'on a déjà dit ; qu'il suffise de savoir que le projet si complaisamment dévoilé à Benoît fut exécuté à la lettre avec le plus grand bonheur, la réussite la plus complète.

Le nègre noyé, le Caffre interprète, rien n'y manqua : seulement, Benoît, ayant demandé comme graces dernières à Brulart de se charger d'une lettre qu'il aurait fait parvenir en France pour prévenir Catherine et Thomas de ne plus l'attendre... plus jamais... — et puis de lui laisser embrasser encore une fois ce mauvais portrait et cette couronne fanée qui lui étaient si précieux, — on assure que le capitaine de la Hyène les lui refusa, et fit même sur cette peinture les plus horribles plaisanteries.

Enfin le soir même monsieur Brulart passa à bord du brick, et donna le commandement de la goëlette à son second, le Borgne.

Son chargement se composait de cinquante-un noirs du capitaine Benoît, sans compter Atar-Gull, et de vingt-trois grands Namaquois qu'il avait eus en échange de M. Benoît et de l'équipage de la Catherine, lesquels noirs furent aussi mis aux fers et embarqués à bord de la goëlette...

On ne sait ce que devint Benoît et ses compagnons ; seulement le Caffre qui avait conduit cette négociation apprit à l'équipage de la goëlette que tout le Kraal des petits Namaquois, femmes, enfants, hommes, vieillards, semblaient transportés d'une joie délirante, et que, désignant l'équipage de Benoît et ce malheureux capitaine, garrottés et couchés par terre, ils chantaient en se caressant l'estomac :

« Nous les ensevelirons là, noble tombeau, noble tombeau pour les hommes pâles, nous les ensevelirons là, et nous donnerons leurs yeux et leurs dents au grand Toïnmaw-Owouh. »

« Maintenant, — dit Brulart, — laissons porter sur la Jamaïque... que sur près de cent noirs, il m'en reste seulement trente, à deux mille francs pièce... pour ce que ça me coûte... c'est une affaire d'or... »

Et, selon son habitude, il se retira dans sa chambre en faisant la défense accoutumée :

« Le premier qui osera entrer ici avant demain — à la mer ! »

Que faisait-il ainsi chaque nuit ? Pourquoi cet isolement ? cette lumière qui brûlait sans cesse ?

C'est ce que l'équipage de la Hyène ne pouvait savoir.

LIVRE TROISIÈME.

CHAPITRE PREMIER.

LE FAUX PONT.

Le mal régna dès lors dans son immense empire;
Dès lors tout ce qui pense et tout ce qui respire
Commença de souffrir;
Et la terre, et le ciel, et l'âme, et la matière,
Tout gémit, et la voix de la nature entière
Ne fut qu'un long soupir.

DE LAMARTINE. — *Méditations.*

L'homme est un animal bizarre, et fait un singulier usage de sa nature et des arts qu'il invente ; il se tue, il se vend ; l'un fabrique des nez artificiels, un autre invente la guillotine ; celui-ci vous casse les os, celui-ci vous les remet en place ; — mais la vaccine a été certainement un excellent antidote des fusées à la Congrève.

BYRON. — *Don Juan*, chant I, cxxix.

On le sait, le capitaine Brulart fit embarquer à bord de la Catherine tout son mobilier, c'est-à-dire sa table tachée de graisse et de vin, son vieux coffre où il n'y avait rien du tout, la chemise bleue, sale et trouée qu'il portait sur lui, son gros bâton (ou son éventail à bourrique, comme il disait plaisamment) et son grand pot d'étain qui tenait trois pintes.

Mais, une fois entré dans la dunette du malheureux Benoît, il fut émerveillé des richesses qu'elle contenait. Il s'empara d'abord du chapeau de paille et de la vieille couronne de bluets qu'il planta sur sa tête, puis d'une veste et d'un pantalon (dont il se revêtit malgré... il est vrai, lui était fort court et fort étroit ; aussi ne ménageait-il pas les imprécations et les injures contre l'ancien propriétaire ; après tout, il n'y regardait pas de si près, et s'en trouva fort bien ; aussi, le lendemain matin, à son réveil, il dit en se mirant avec complaisance dans la petite glace de la dunette :

« Il n'y a rien de tel que la toilette pour refaire un homme. »

Puis il déjeuna de bon appétit d'une dalle de morue sèche, d'un fromage de Hollande, de trois galons d'eau-de-vie, et après boire fut inspecter les nègres et descendit dans le faux pont.

Les grands Namaquois avaient été un peu négligés, un peu oubliés depuis la veille: mais que voulez-vous, il s'était passé tant d'événements, tant de choses, qu'on ne pouvait penser à tout.

Donc, sur les midi, le capitaine Brulart arriva dans le faux pont, singulièrement espacé aux dépens de la calle; car, de l'étrave à l'étambot, le faux pont avait, je crois, trente-cinq pieds, et son grand beau à peu près quinze pieds, autrement dit, trente-cinq pieds de long sur quinze de large; la hauteur était de dix. La lumière ne pouvait passer que par le grand panneau grillé et regrillé.

Brulart commença son inspection par tribord.

Oh! de ce côté, ce n'étaient que des enfants, de frêles et pauvres créatures qui, servant d'appoint dans ces marchés de chair humaine, formaient pour ainsi dire la monnaie de ce trafic.

Ces enfants jouaient là comme ils eussent joué sur les bords frais et ombragés du fleuve Rouge.

Mon Dieu, pour eux, rien n'était changé; seulement, au lieu de ciel pur qui leur souriait la veille, c'était le lourd plafond du brick; au lieu du soleil éblouissant qui les inondait de chaleur et de lumière, c'était le panneau carré du faux pont qui suintait à travers ses barreaux un jour douteux et un air épais. Seulement, en montrant le plafond et le panneau, ils se demandaient, dans leur naïf langage, pourquoi ce ciel était si noir et si près, et ce soleil si pâle et si froid;... et puis pourquoi ces vilains cercles de fer enchevêtraient leurs petits pieds déjà endoloris et gonflés; et puis aussi pourquoi ils ne voyaient pas leur mère depuis trois jours, leur mère qui justement leur avait promis un joli collier de plumes de colibris et une pagne plus brillante à elle seule que tous les cailloux de la rivière Rouge.

Enfin, las de se questionner, de pleurer, ils se roulaient et se battaient entre eux pour attendre plus patiemment sans doute l'heure de manger; car, depuis deux jours, on les avait un peu oubliés, et ils avaient bien faim.

Brulart passa, et sans le faire exprès le capitaine écrasa presque la jambe d'un de ces enfants sous son pied large et massif.

C'est qu'il faisait si sombre dans ce faux pont.

Le pauvre petit poussa un cri bien déchirant.

« Mets des sabots, mauvais rat d'Afrique, » dit Brulart.

Et il continua sa promenade jusqu'au milieu du brick, fort mécontent de ces négrillons que l'on vend si mal... Par exemple, arrivé là, sa mauvaise humeur fit place à un sourire de satisfaction qui rida ses lèvres.

Car là commençait la section des mâles, comme il disait...

La clarté du grand panneau tombant d'aplomb sur cet endroit, il put facilement les examiner.

C'étaient des hommes forts et vigoureux; aussi le négrier contemplait-il avec une curieuse avidité ces vastes poitrines, ces bras nerveux, ces épaules larges et découpées, ces reins souples, cambrés et musculeux, et encore, enchaînés qu'ils étaient, on ne pouvait juger de toute la puissance de ces êtres sains et jeunes, car le plus vieux n'avait pas trente ans.

Ces nègres, par exemple, n'imitaient pas l'heureuse et naïve insouciance des enfants; car eux, je crois, comprenaient mieux leur situation.

Souvent dans leur Kraal, assis autour d'un bon feu de palmier et d'aloès qui répandait une fumée si odorante et une flamme si blanche, souvent ils avaient entendu raconter par un vieillard que dans le Nord, quelques tribus, au lieu de manger leurs prisonniers, les vendaient aux hommes blancs qui les emmenaient dans leur pays... bien loin... bien loin... Ici les renseignements s'arrêtaient, et la crainte s'augmentait de cette ignorance; aussi, nous l'avons dit, les Namaquois de feu (hélas! on peut bien, je crois, dire de feu...) le capitaine Benoît étaient sombres et tristes.

Les uns assis, la tête penchée sur la poitrine et le bout de leurs pieds dans leurs mains, avaient les yeux fixes, ternes, et restaient dans un état d'immobilité parfaite.

D'autres roidissaient leurs bras, serraient fortement leurs dents, et faisaient je ne sais quel mouvement buccal intérieur; mais de temps en temps leurs joues s'enflaient, leurs yeux devenaient sanglants, et on entendait une sorte de crépitation sourde et saccadée s'échapper de leur poitrine haletante.

Ils cherchaient, ceux-là, on peut le présumer du moins, à avaler leur langue; espèce de mort, dit-on, assez commune chez les sauvages.

D'autres, couchés en long, semblaient fort calmes, mais de temps en temps ils imprimaient à leurs jambes une violente et affreuse secousse, comme pour leur arracher de l'anneau qui les étreignait; ce qui était absurde, et prouvait bien la stupide ignorance des sauvages, car ces anneaux, rivés avec la barre, n'avaient, comme on le pense bien, aucune élasticité.

Ceux-ci enfin, et c'était le plus grand nombre, tournés sur le côté, dormaient d'un sommeil souvent interrompu par quelques mouvements convulsifs, quelques tiraillements de l'estomac, ou quelques joyeux souvenirs des rivages du fleuve Rouge.

Comme le souvenir d'une bonne danse namaquoise, si vive et si preste, au son du jnounjnoum, sous des mimosas qui secouent leurs pétales

roses et font mystérieusement bruire leur dentelle de verdure, alors que le soleil couchant illumine le sommet des arbres, que les oiseaux du ciel chantent leur chanson du soir, que les legouanes murmurent un cri plaintif, et que le ramage des didrits et des moineaux du Cap se mêle aux sourds et lointains rugissements des lions et des panthères...

Alors que le monstrueux hippopotame, comme la vieille divinité de ce fleuve africain, fendant l'onde bouillonnante, montre son corps noir et cuirassé tout ruisselant d'eau, de joncs verts et de nénufars, dont les fleurs bleues se détachent sur les larges plis d'argent de la rivière.

Alors enfin que c'est fête au Kraal, et que le chef a promis pour le lendemain une grande chasse à l'éléphant.

Danse alors, vaillant Caffre, danse, tes flèches sont acérées, ta hache est luisante et ton arc est verni; danse, car le soleil se couche, mais la lune brille, et Narina l'aime tant, la pâle clarté de la lune!

Je vous le dis, c'était le rêve de quelques-uns... car autant la figure de ceux qui veillaient devenait sombre et chagrine, autant celle d'un bon nombre de dormeurs s'épanouissait rayonnante et heureuse; un surtout, Atar-Gull, un grand jeune nègre aux cheveux frisés, dilatait son bon et franc visage que c'était plaisir de voir ses joues s'enfler, ses sourcils s'écarter, ses oreilles remuer, ses mains battre la mesure, et un inconcevable frémissement de bonheur courir par tout son corps; de voir enfin deux rangées de belles dents blanches qu'il montrait en ouvrant la bouche sans parler... le pauvre garçon, tant il était content de son rêve!

« Je vais te faire me rire au nez, f... noireau, » dit Brulart, que cette gaieté hors de saison importunait; et d'un coup de son bâton de chêne il éveilla le dormeur en sursaut.

Alors vraiment c'était à fendre le cœur de voir cet homme, je veux dire ce nègre, encore tout à l'heure si gai, si content, conserver un instant encore l'expression de cette joyeuseté factice, puis, baissant les yeux sur ses fers, s'entourer tout à coup d'une morne désespoir, et laisser couler deux grosses larmes le long de ses joues.

C'est qu'il revoyait sa position actuelle dans son vrai jour, et que, comme les autres, il avait grand faim, car on les avait aussi un peu oubliés.

Brulart passa, et arriva au bout du brick près de l'avant. C'est là que les femmes étaient parquées.

« Ah, ah! — dit le forban, — voici le sérail, mille tonnerres de diable! il faut voir clair ici. Cartahut, va me chercher un fanal, » dit-il à son mousse. La lumière vint, et Brulart regarda.

Vrai, si je n'avais eu un de mes grands-oncles chanoine de Reims, un bien saint homme! je vous révélerais, sur ma parole, un gracieux et érotique tableau.

Figurez-vous une vingtaine de négresses ayant presque toutes l'âge d'un vieux bœuf, non de ces Caffres rabougries d'un brun terne, sales, huilées, graissées, avec une vilaine tête laineuse et crépue; non! C'étaient de sveltes et grandes jeunes filles, fortes et charnues, au nez droit et mince, au front haut et voilé par d'épais cheveux noirs, lisses comme l'aile d'un corbeau. Et quels yeux! des yeux d'Espagnoles, longs et étroits, avec une prunelle veloutée qui luit sur un fond si limpide, si transparent, qu'il paraît bleuâtre... Pour la bouche, c'était de l'ébène, de l'ivoire et du corail...

Et si vous les aviez vues là, mordieu! toutes ces Namaquoises, bizarrement éclairées par le fanal de Brulart... Si vous aviez vu cette lumière vacillante courir et jouer sur ces corps tant souples, tant gracieux, qu'elle semblait dorer... Les unes, à moitié couvertes d'une pagne aux vives couleurs, laissaient à nu leurs épaules rondes et potelées; les autres croisaient leurs beaux bras sur une gorge ferme et bondissante; celles-ci...

Ah! si je n'avais eu un de mes grands-oncles chanoine de Reims, un bien saint homme!...

On aime, je le sais, une peau fraîche, élastique et satinée, qui frissonne et devient rude sous une bouche caressante. On aime à entourer un joli cou blanc d'une chevelure soyeuse et dorée qui se joue sur des veines d'azur. On aime à clore sous un baiser les paupières roses, les longs cils d'un œil bleu, doux et riant comme le ciel de mai. On aime autant, je le sais, la pourpre et les perles incrustées dans l'ivoire que dans l'ébène. On aime ce maintien timide, cette allure modeste qui font si doucement tressaillir une robe de vierge... On aime encore à voir un petit pied au travers de la légère broderie d'un bas de soie encadré dans le satin.

Mais pourquoi dire anathème, cordieu! sur ces beautés noires et fougueuses comme une cavale africaine, farouches et emportées comme une jeune tigresse...

Oh! si vous les aviez vues parées pour le harem d'Ibrahim, avec leurs voiles rouges tressés d'argent, leurs anneaux d'or, leurs chaînes de pierreries qui étincelaient sous le sombre émail de leur peau comme un éclair au milieu d'une obscure nuée d'orage!... Oh! si vous les aviez vues, furieuses, échevelées, les narines sifflantes, le sein dressé, ouvrir, fermer à demi, et ouvrir encore des yeux nageants, qui regardent sans voir, et dardent au hasard un long jet de flamme...

Si vous aviez senti leurs délirantes morsures, entendu leurs cris de rage convulsifs... Si...

Ah! mon Dieu! j'oubliais mon grand-oncle le chanoine, un bien saint homme, et le capitaine Brulart...

En somme, il s'était sans doute fait à lui-même cette comparaison (que je lui emprunte, croyez-le, je vous prie) des beautés noires et beautés blanches, car il dit à Cartahut : « Mène là-haut ces deux co-cottes. » Et, autant pour les réveiller que pour les désigner, il donna à chacune un coup de son bâton...

L'effet fut aussi prompt qu'il l'avait espéré : Cartahut ouvrit le cadenas et les chassa devant lui, toutes tristes, et toutes honteuses et à moitié nues, les pauvres filles !...

Et en les voyant monter les étroites marches de l'échelle, le regard vitreux du capitaine Brulart s'éclaira sourdement, et brilla comme une chandelle au travers de la corne transparente d'une lanterne.

Il remonta aussi ; mais, en arrivant près du panneau de l'arrière, il s'arrêta tout à coup à la vue d'un spectacle étrange et hideux...

CHAPITRE II.

ATAR-GULL.

En aucune chose l'homme ne sait s'arrêter au point de son besoin de volupté, de richesse, de puissance ; il embrasse plus qu'il ne peut estreindre : son avidité est incapable de modération.

MONTAIGNE. — Liv. II, ch. XII.

Il y a des héros en mal comme en bien.

LA ROCHEFOUCAULD.

On se souvient, je crois, du beau grand nègre que feu M. Benoît avait acheté du courtier, d'Atar-Gull enfin, réveillé si brusquement tout à l'heure par Brulart, parce que, disait-il, ce noireau lui riait au nez. — C'était lui qui excitait encore l'attention du capitaine.

Séparé, je sais bien pourquoi, des autres noirs, on l'avait étendu en travers de la porte d'une petite cabine, située à l'arrière du brick.

En repassant auprès de lui, maître Brulart glissa, trébucha, et finit par tomber en jurant comme un païen.

En se relevant, il vit ses mains toutes tachées de sang, et Atar-Gull presque sans haleine.

Il s'approcha, et, après un mur examen, il s'aperçut que le malheureux s'était ouvert les veines du bras... avec ses dents !!!

Les morsures encore saignantes le prouvaient assez.

« Ah ! chien ! — s'écria le négrier, — tu t'amuses à me faire perdre deux cents gourdes, une fois rengraissé ton compte sera bon. »

Puis, passant la tête hors du panneau : « Holà ! Cartahut, » s'écriat-il ; et le mousse descendit.

« Tu vas aller dans le coffre là-haut, tu prendras les deux mouchoirs à tabac de cette vieille bête que l'on est probablement en train de mastiquer sur les bords du fleuve Rouge ; il doit être coriace en diable le chien, mais ces petits Namaquois ont de bonnes dents... enfin grand bien lui fasse, ça le regarde ; tu vas toujours m'apporter ses mouchoirs, et, en outre, une chique que tu trouveras dans un vieux soulier, accroché à bord, près du porte-voix, car il faut bien que je fasse le médecin ici ! »

— Hélas ! le capitaine Brulart n'avait point de chirurgien, par une raison bien simple : un homme était-il blessé à son bord, dans un combat, par exemple... il avait vingt-quatre heures pour se guérir, et au bout de ce temps, s'il ne l'était pas, — à la mer. —

Quant à ces rhumes légers qui soulèvent à bonds précipités le sein de nos jolies femmes, toutes enveloppées de cachemires et de dentelles, de soie et de fourrures ; quant à ces petites toux gracieuses et coquettes, et que l'on calme à grand'peine en puisant une guimauve blanche et parfumée dans un drageoir d'or...

Quant à ces spasmes nerveux, à cette douce et triste mélancolie, qui voilent l'éclat de deux beaux yeux et les cernent d'une auréole azurée... on ne les connaissait pas à bord de la Hyène.

C'était quelquefois, souvent même, un homme couvert de guenilles et de fange, ivre-mort, gorgé de lard et de morue, que Brulart faisait pendre la tête en bas pendant qu'on lui administrait, comme digestif, une vigoureuse bastonnade.

Ou bien un autre qui recevait d'un ami intime, d'un frère, au milieu d'une innocente discussion sur le vol droit ou anguleux d'un goéland, sur l'avantage du poignard droit ou du poignard recourbé ; qui recevait, dis-je, un coup de barre de fer sur la tête... lequel coup Brulart guérissait encore au moyen d'une forte application de sa bastonnade digestive à la plante des pieds, parce qu'une douleur chasse l'autre, disait-il...

Et puis, pour rétablir l'équilibre, on finissait la cure en réitérant l'application sur les reins, parce qu'alors la douleur, quittant la tête pour les pieds et les pieds pour les reins, devait avoir perdu toute son intensité dans ces voyages successifs... — Sinon, comme il paraissait patent qu'on ne pouvait jamais guérir, et que Brulart n'avait pas besoin de bouches inutiles à son bord, — à la mer.

On le voit, le capitaine pouvait fort bien se passer de chirurgiens, puisqu'il réunissait des connaissances d'un effet aussi sûr et aussi prompt ; pourtant, lorsque Cartahut descendit, Brulart enveloppa avec une merveilleuse adresse les deux bras d'Atar-Gull, après avoir appliqué sur l'ou-

verture des veines ouvertes deux chiques, préalablement mâchées par Cartahut, qui reçut cinq coups de pied à irriter un éléphant, pour ne pas mastiquer assez vite le topique.

« Maintenant, — dit Brulart à deux des siens, — attachez-moi les mains de ce moricaud-là et montez-le en haut, sur le pont, il a besoin d'air... »

On emporta Atar-Gull presque inanimé : alors le vent, qui circulait plus vif, lui fit ouvrir les yeux.

C'était, on le sait, un homme d'une haute et puissante stature, en un mot, aussi colossal dans son espèce que Brulart l'était dans la sienne...

À un geste du capitaine, tout l'équipage reflua sur l'avant, et il resta seul à contempler son prisonnier.

Atar-Gull, de son côté, ne le quittait pas du regard, et tenait arrêté sur lui un coup d'œil fixe et intuitif.

Entre ces deux hommes, il existait je ne sais quelle affinité cachée, quels secrets rapports, quelle bizarre sympathie, naissant de leur conformation physique ; involontairement ils s'admiraient tous deux, car tous deux avaient prototypée dans tous leurs traits cette apparence de vigueur, de force et de caractère indomptable, qui est l'idéal de la beauté chez les sauvages.

Ces deux hommes devaient s'aimer ou se haïr, s'aimer, non de cette amitié timide et menteuse que nous connaissons dans nos brillants hôtels, que l'on éprouve par un peu d'or, qui s'effraie d'un mot, d'un adultère ou d'un soufflet ; mais de cette amitié large et puissante qui donne coup pour coup, du sang pour du sang, qui se montre au milieu du meurtre et du carnage quand le canon tonne et que la mer mugit, et qui veut qu'on s'embrasse les lèvres noires de poudre et les bras rougis... et puis... si Pylade est blessé à mort, — un énergique adieu, un coup de poignard pour terminer une lente agonie, un serment d'atroce vengeance que l'on tient, peut-être une larme, — et Oreste est en paix avec lui-même.

Voilà comme Brulart et Atar-Gull devaient s'aimer, s'aimer ainsi ou se haïr à la mort, car tout devait être extrême chez ces deux hommes.

Ils se haïrent. — Cette impression fut électrique et simultanée... mais elle se traduisit bien différemment chez chacun d'eux : les yeux de Brulart étincelèrent et ses lèvres pâlirent. — Atar-Gull, au contraire, resta calme, froid, et un sourire d'une inimitable douceur vint errer sur sa bouche ; son regard, tout à l'heure fixe et arrêté, devint suppliant et craintif, et c'est avec une expression de soumission profonde que le nègre tendit ses bras à Brulart.

— Et pourtant la haine d'Atar-Gull était implacable, mais la subtile intelligence du sauvage lui apprenait que, pour arriver à satisfaire cette haine, il fallait se traîner par de longs et obscurs détours. Et la dissimulation, qui se trouve aussi savante, aussi instructive dans l'état de nature que dans l'état de civilisation la plus avancée, vint merveilleusement le servir.

« C'est un lâche... il me craint, et il me demande grâce, — avait dit Brulart, — je croyais qu'il valait mieux que ça ; au fait, c'est trop brute pour avoir de la colère et de la haine. »

Cette conviction perdait Brulart ; de ce jour Atar-Gull avait sur lui un avantage immense. Le capitaine, ne le jugeant donc pas digne de son animosité, lui tourna le dos. Et ses pensées prirent une autre direction ; il vint à se souvenir que ses noirs n'avaient rien pris depuis la veille, et, appelant le Malais qui parlait caffre et avait servi d'interprète dans l'échange du malheureux Benoît, il lui donna ses ordres.

Une heure après, les grands Namaquois reçurent une portion d'eau, de morue et de biscuits, puis vinrent par fractions de douze ou quinze humer un peu d'air sur l'avant du brick.

Ils s'épanouissaient aux bienfaisants rayons du soleil, ces pauvres nègres ; ils soufflaient la vapeur épaisse et humide de la cale, et riaient de leur rire stupide en voyant ce ciel bleu... qu'ils se montraient les uns aux autres.

Le Malais remonta comme la troisième fraction de femmes descendait..., car les femmes que nous avons vues dans le faux pont participaient aussi à cette bienfaisante promenade, « Capitaine... »—dit le Malais à Brulart (et il lui parla bas à l'oreille).

« Tout à l'heure, dans ce moment je suis en affaire, répondit le capitaine qui paraissait courroucé. — Viens ici, toi, le Grand-Sec (il s'adressait à un matelot qu'on avait, je ne sais pourquoi, surnommé le Grand-Sec, car il était gros et petit). Viens ici, — reprit-il, — et pourquoi, carogne, as-tu osé toucher à une de ces dames qui viennent de descendre : ne sais-tu pas mon ordre... et que c'est sacré ?... — Oh ! sacré... sacré... »

Et il allait ajouter je ne sais quel horrible blasphème, que la large main de Brulart fit brusquement rentrer dans sa vilaine bouche.

« Et vous croyez que l'on a une cargaison pour votre plaisir ! et que vous la gaspillerez, et que vous vous passerez toutes les douceurs de la vie ? — Vous en avez bien deux dans votre dunette, excusez... alors c'est différent, y paraît que ça vous va, et que ça ne vous va pas ! — dit l'incorrigible Grand-Sec, après avoir ramassé deux de ses dents et étanché le sang qui coulait à flots de sa bouche... — Ah ! tu raisonnes, mignon ?... tu la veux, et bien tu l'auras... — La négresse... — fit le Grand-Sec... — Oui ! ! ! »

Et dans ce oui il y avait une horrible ironie qui fit, malgré lui, tressaillir le matelot

« Mais d'abord... il faut faire une petite promenade, mon garçon... ça t'ouvrira l'appétit pour souper... Mettez-le à cheval, » dit Brulart en montrant le malheureux Grand-Sec. — Et ce fut une grande joie à bord du brick.

Car si l'on comptait trouver parmi ces gens pitié ou commisération, c'était faute.

Une punition ça aidait à passer le temps, car les cris du condamné égayaient un peu... mais tout cela ne valait pas une mort... Oh ! une mort !... parce que, voyez-vous, à une mort on héritait... ce n'était pas tous les jours fête !

Enfin, dix minutes après, le Grand-Sec faisait sa promenade à cheval. C'est-à-dire qu'on lui avait mis une barre de cabestan entre les jambes, après l'avoir exhaussé de manière à ce que ses pieds ne touchassent pas à terre : de plus, pendaient à chaque jambe, à défaut de boulets, un des lourds pierriers de feu M. Benoît, et enfin, selon l'ordre du capitaine, on imprima au cabestan un mouvement rapide de rotation à peu près comme celui d'un jeu de bague ; la seule différence consistait en ceci, qu'au lieu d'avoir les pieds appuyés sur des étriers, le Grand-Sec les avait tiraillés par deux poids de cent livres chaque.

Ainsi les articulations commençaient à craquer et à se détendre, comme s'il eût été écartelé...

Il criait... il criait, et ses plaintes étaient aiguës, convulsives et saccadées.

« Vois-tu, Grand-Sec, — dit l'un en riant aux larmes, — tu es dans ta croissance..... — Hue..... hue donc, pique donc ton cheval, Grand-Sec, tu as pourtant de fameux éperons... — disait un autre, en montrant les deux masses de bronze qui allaient arracher et séparer la jambe de la cuisse... — Tu t'engageras comme tambour-major de cavalerie, car, vrai, tu as grandi de deux pouces, » criait un troisième.

Enfin c'était un feu croisé de quolibets et de hurlements de douleur atroce...

Brulart reprit sa conversation avec le Malais.

« Tu dis donc qu'il y a deux moricaudes qui ne veulent pas monter ? — Je ne dis pas veulent, capitaine, je dis peuvent... vu qu'elles sont mortes... — Diable !... et c'est des bonnes ? — Il y en a une qui n'était pas mauvaise... l'autre comme ça... un peu maigrotte... — Et le troisième jour déjà... tonnerre du diable ! qu'elles n'aillent pas se mettre à jouer ce jeu-là... Est-ce de chaleur ou de faim ? — Je crois que c'est de chaleur et de faim. — Débarrasse ça tout de suite du faux pont, ça me gâterait les autres. — Et c'est bien vu, capitaine, car elles commencent déjà à s'avarier. »

Dix minutes après, deux matelots parurent sur le pont, portant les cadavres des négresses... enveloppés, ou à peu près, dans une pagne... On allait les jeter par-dessus le bord...

« Un instant, » dit Brulart.

Et on les laissa tomber sur le pont qui résonna sourdement. Un cri plaintif et faible sembla sortir d'un des linceuls... Les matelots se regardèrent.

« Ce b... de Malais s'est sans doute trompé, — dit Brulart, — il l'aura crue finie, et elle n'est peut-être qu'en train... voyons... »

Et il tira violemment la pagne qui entourait à peine une des deux négresses...

Un tout jeune enfant tomba du sein de sa mère où il était attaché...

(C'était une des deux négresses ayant un petit porté sur la facture Van-Hop, vous savez...)

Cette frêle et chétive créature redoublait ses faibles cris... et s'accrochait au corps de sa pauvre mère qui ne pouvait plus l'entendre !

Brulart eut l'air presque attendri.

« Toi, le Malais, — dit-il, — va chercher en bas l'autre négresse qui a un enfant, et monte-les ici... »

Et il prit le négrillon dans ses larges et grandes mains.

La négresse tout tremblante, croyant qu'on allait la battre, et serrant son fils entre ses bras...

Quand elle vit les deux cadavres, elle poussa un cri triste et doux, s'agenouilla et se prit à chanter quelques paroles d'une mélodie singulière...

« Toi, le Malais, — dit Brulart, — apprends-lui qu'elle n'est pas là pour seriner des antiennes, mais pour prendre ce négrillon et le nourrir avec le sien... »

Le Malais lui présentant l'enfant, « Tiens, — lui dit-il en caffre... — le chef pâle t'ordonne de partager ton lait entre ton fils et celui-ci. »

La jeune femme le regarda avec étonnement, et répondit en secouant la tête :

« Oh ! non, je ne puis, cet enfant, vois-tu, est le premier né d'une vierge. — Qu'est-ce que cela fait ?... — Oh ! non, je ne puis... sa mère est morte... elle est allée au grand Kraal de là-haut ! il faut que son enfant meure avec elle... sans cela... qui la servirait au grand Kraal... la pauvre mère... si ce n'est son enfant ?... Il faut qu'il meure ! le premier fils d'une vierge jamais ne doit quitter sa mère !... »

Et la jeune femme reprit son chant triste et doux, puis baisa le petit enfant qui lui souriait en lui tendant ses bras.

Le Malais traduisit cette conversation à Brulart...

« Ah ! bah... tout ça m'embête.... va au grand Kraal... alors ça vaut mieux pour toi... »

Et le négrillon voltigea au-dessus du bord et disparut !...

« Quant à elle, pour m'avoir résisté, fais-lui un peu tambouriner les reins. »

On se mit à battre la pauvre négresse, et, quoiqu'elle avançât les bras en avant pour garantir son négrillon des atteintes du fouet, il en reçut quelques coups, et la mère, je vous jure, criait plus pour lui que pour elle...

Ses cris se mêlèrent à ceux du Grand-Sec, à la grande joie de l'équipage, qui trouvait le concert complet. Enfin, comme l'homme à cheval perdait connaissance, on arrêta. On le descendit. Mais on le coucha sur le pont, car il ne pouvait se tenir debout.

« Il est plus fatigué que s'il avait fait dix lieues... le bon cavalier, — dit un plaisant, — il n'a pourtant pas été secoué. — Silence, canaille, » dit Brulart.

On fit silence.

Le brick et la goëlette marchaient toujours de conserve, la brise était fraîche et le soleil se couchait étincelant : pas un nuage, un ciel pur et chaud, une mer douce et calme...

« Vous avez tous vu, — continua le capitaine, — ce monsieur qui vient de descendre de cheval ; il avait manqué à mon ordre, et vous savez de quel bois je paye ordinairement ces fautes-là... aujourd'hui je veux être bon enfant. »

L'équipage frémit...

« Je veux, au lieu de le punir, je récompenser... »

Les matelots se regardèrent, et trois des plus intrépides pâlirent...

« Et que ça vous serve d'exemple : écoute, toi, Grand-Sec... »

Le Grand-Sec leva péniblement la tête et souleva ses yeux éteints.

« Tu as voulu tâter des négresses... »

Le malheureux poussa un long soupir... il n'y pensait plus, je vous jure...

« C'est une idée comme une autre, d'ailleurs tu es dans l'âge des amours, aussi je ne t'en veux pas pour cela ; pour te le prouver, au lieu d'une... je t'en donne deux... mon bonhomme !... »

L'infortuné ne comprit pas... mais l'équipage saisit parfaitement l'intention, et fut d'abord comme atterré d'une atrocité si calme... mais après, voyant le côté plaisant de l'aventure, il se dérida, et un sourire, qui gagna de proche en proche, vint éclaircir ces fautes... ces instant assombris..

« Qu'on l'amarre sur une cage à poules avec ces deux charognes... et — à la mer. — Vivant? — demanda avec anxiété le Malais, qui était intime du Grand-Sec et l'aimait de tout son cœur... — Ça va sans dire, » — reprit Brulart en regagnant sa dunette.

On entendit quelques mots entrecoupés, des imprécations, des blasphèmes, des prières à attendrir un inquisiteur, des rires, des sanglots d'affreuses plaisanteries, des cris perçants.... puis enfin un bruit sourd qui fit rejaillir l'eau sur le pont.

Alors Brulart se pencha sur le plat-bord, et, montrant à son équipage la cage à poules qu'ils laissaient déjà derrière lui, et le misérable Grand-Sec... dont les yeux flamboyaient... et qui, se tordant sur les cadavres malgré les cordes qui l'étreignaient... poussait des hurlements de rage qui n'avaient rien d'humain :

« Que ça vous serve d'exemple, mes agneaux, et encore, — ajouta-t-il en souriant. — il ne mourra pas de faim !... »

Dix minutes après la cage à poules ne paraissait plus qu'un point lumineux au milieu de l'Océan, car le soleil couchant la colorait fortement de ses rayons... puis elle s'effaça tout à fait quand le soleil disparut dans la brume... et que la nuit fut venue.

Alors, on vit poindre une lumière dans la dunette de Brulart : c'est cette lumière si terne et retirée qui intriguaient tant l'équipage ; que faisait-il ainsi toutes les nuits, et pourquoi s'enfermer aussi soigneusement ? car, à bord du brick comme à bord de sa goëlette, il avait défendu, sous peine de mort (et il tenait sa promesse), il avait défendu d'approcher de sa cabine, à moins d'un cas imprévu et imminent, et encore s'était-il réservé le droit de juger après si le cas était réellement imminent : or, si malheureusement il ne le croyait pas tel, — à la mer, — celui qui, oubliant ses ordres, se fût approché de sa cabine avant huit heures.

CHAPITRE III.

MYSTÈRE.

Je n'y puis rien comprendre.
Musique de BOIELDIEU.

Brulart avait soigneusement fermé, verrouillé, cadenassé la porte de sa dunette.

Au dehors, pas le plus léger bruit, quelquefois le sifflement des cordages... le frôlement des voiles... le clapotis des vagues qui battaient doucement la poupe du brick, et s'ouvraient au sillage phosphorescent du navire, voilà tout.

Il écouta encore, regarda bien si personne ne l'épiait... et s'avança vers son grand coffre. Il l'ouvrit.

On aurait cru d'abord que ce vieux bahut ne contenait rien... mais en l'examinant attentivement on y découvrait un double fond. Il le leva.

Et dans un coin de cette cachette il prit un coffret recouvert de cuir de Russie. Cette petite caisse, richement ornée, portait un bel écusson armorié. C'était peut-être le blason de Brulart...

Brulart ferma hermétiquement les rideaux de la dunette, et posa le précieux coffret sur sa petite table sale et graisseuse qu'il approcha du lit...

Il se coucha à demi étendu, après avoir dédaigneusement jeté le chapeau, la couronne, la veste et la culotte de feu M. Benoît...

Alors il leva le couvercle de l'étui, et ses yeux brillaient d'un feu singulier...

Sa figure, ordinairement rude, sauvage, semblait se dépouiller de cette écorce épaisse, et ses traits, fortement caractérisés, paraissaient vraiment beaux, tant une subite et inimitable expression de douceur s'y était révélée... Il secoua son épaisse chevelure, comme un lion qui se débarrasse de sa crinière, écarta ses longs cheveux, et tira respectueusement du coffret un petit flacon de cristal miraculeusement sculpté et presque caché sous l'or et les pierreries qui l'ornaient...

Puis il approcha ce merveilleux bijou de sa lampe fumeuse et fétide, et, à sa lueur rougeâtre, contempla ce qu'il contenait.

C'était une liqueur épaisse, visqueuse, d'une teinte plus colorée, plus brillante que celle du café. Il paraît qu'elle était pour lui d'un bien haut prix, car ses yeux rayonnèrent d'une joie céleste quand il s'aperçut que le précieux flacon était encore aux trois quarts plein.

Il le baisa avec onction et amour, comme on baise la main d'une vierge, et le déposa, non sur la vilaine table; oh non! mais sur un petit coussinet de velours noir, tout brodé d'argent et de perles...

Il tira aussi du coffret une petite coupe d'or et un assez grand flacon de même métal.

Mais pendant toute cette cérémonie il y avait sur les traits de Brulart autant de recueillement et d'adoration que sur le visage d'un prêtre qui retire le calice du tabernacle...

Et, ouvrant délicatement la petite fiole, il versa goutte à goutte la séduisante liqueur qui tombait en perles brillantes comme des rubis. Il en compta vingt... puis il remplit la coupe d'une autre liqueur limpide et claire comme du cristal, qui prit alors une teinte rouge et dorée.

Et il porta la coupe à ses lèvres avides, but avec lenteur en fermant les yeux et appuyant sa large main sur sa poitrine; après quoi il resserra coupe, flacon dans le petit coffre, et le petit coffre dans le grand bahut, avec la même mesure, le même soin, le même recueillement...

Et quand il se redressa, vous eussiez baissé les yeux devant ce regard inspiré... qui faisait presque pâlir la lumière de sa lampe; il était beau, grandiose, admirable, ainsi; ses guenilles, sa longue barbe, tout cela disparaissait devant l'incroyable conscience de bonheur qui éclatait sur son front tout à l'heure sombre et froncé... maintenant lisse et pur comme celui d'une jeune fille...

« Adieu, terre!... à moi le ciel... » dit-il en s'élançant sur son lit.

Dix minutes après il était profondément endormi.

Il venait de prendre la dose d'OPIUM qu'il buvait chaque soir.

Or, par une bizarrerie que l'effet et l'habitude constante de cet exhilarant peuvent facilement expliquer, il avait fini par prendre l'existence factice qu'il se procurait au moyen de l'opium, ses créations si poétiques, si merveilleuses, ses délirants prestiges, ses ravissantes visions, pour sa vie *vraie. réelle,* dont le souvenir vague et confus venait étinceler par moments à son esprit, dans le jour, parmi des scènes affreuses, comme la conscience d'une journée de bonheur vient quelquefois dilater notre cœur, même au milieu d'un songe horrible; tandis qu'il considérait sa *vie vraie,* sa vie qu'il menait au milieu de ses brigands, du meurtre et du vol, à peu près comme un songe, un cauchemar pénible auquel il se laissait entraîner avec insouciance, et qu'il poussait machinalement à l'horrible, selon le besoin, le désir du moment, sans réflexion, sans remords, et même avec une secrète jouissance, comme ces gens qui se disent vaguement au milieu d'un rêve affreux : « Que m'importe... je me réveillerai toujours bien! »

C'était, en un mot, la vie renversée, le fantastique mis à la place du positif : un rêve à la place d'une réalité. C'est obscur, je le sais. Mais essayez de l'opium, madame, et vous me comprendrez... Croyez d'ailleurs un homme d'*expérience.*

CHAPITRE IV.

OPIUM.

Rien n'est vrai, rien n'est faux;
Tout est songe et mensonge.
DE LAMARTINE. — *Harmonies.*

Écoutez, mes enfants, cette effrayante histoire,
Comme d'un saint avis gardez-en la mémoire;
Un jour vous la direz à vos petits neveux
Quand la neige des ans blanchira vos cheveux.
DELPHINE GAY. — *La Tour du prodige.*

O douce et ravissante ivresse de l'opium, ivresse pure et suave, ivresse toute morale, élevée, poétique !

A côté de la vie réelle, triste, déçue, douloureuse, tu improvises une vie fantastique, brillante et colorée !

Là, jamais un chagrin; mollement bercé de rêve en rêve, on jouit sans regret... c'est un long jour de fête sans lendemain, un amour sans larmes... un printemps sans hiver.

Tantôt c'est un gai voyage sur ce beau lac, dominé par l'antique habitation de vos aïeux et encadré d'un gazon vert que foulent en dansant de jeunes filles aux robes flottantes.

C'est une séduisante causerie sous un ombrage séculaire où l'on se parle si bas, si près, que les lèvres se touchent et frémissent.

Ou bien encore, c'est la demoiselle au corselet d'émeraude, aux ailes de nacre et de moire, que l'on poursuit en chantant la vieille chanson qu'une mère vous a apprise autrefois.

Et puis souvent, pour contraster avec ces tableaux si frais, si jeunes, si parfumés, surgit une bizarre vision, quelque chose d'horrible et d'étrange... qui vous terrifie et vous glace un moment...

Alors c'est comme la peur qu'on éprouve au milieu d'une paisible vallée d'automne, quand l'aïeul raconte quelque lugubre et sanglante chronique.

Mais aussi que cette folle terreur d'un instant donne un charme plus vif aux voluptueuses caresses de ces femmes pâles, douces, aériennes, qui réalisent tous les songes de votre ardente jeunesse; vous savez ! quand, le regard sec, haletant sur votre couche solitaire, vous appeliez en vain l'être mystérieux et inconnu que l'on rêve toujours à quinze ans.

Oh ! qu'alors elle semble vulgaire cette ivresse du punch, malgré ses mille flammes bleuâtres et nacrées, ses étincelantes aigrettes d'opale et de feu qui frissonnent, pétillent en courant sur les bords d'une large coupe !

Oubliez le champagne au milieu des glaçons : laissez bouillonner sa mousse ; laissez-la déborder et couler à longs flots sur le cou brun des bouteilles.

— Après tout, que serait cette ivresse? Quelque lourde et grossière orgie, des idées sans suite, une tête pesante, une raison éteinte ou hébétée.

Au lieu que l'opium! tenez... voyez ce Brulart! si vous saviez ce qu'il rêve !

C'est un homme étrange que cet homme ! Féroce et crapuleux, c'est à force de vices et de crimes qu'il a pris un impérieux et irrésistible ascendant sur une tourbe d'êtres dégradés et infâmes : jamais une pensée noble et consolante; on dirait que c'en est rien, d'un rire satanique, qu'il creuse dans la fange pour voir jusqu'à quel point d'ignominie peut aller la dégradation humaine.

Cette vie, c'est sa vie apparente de chaque jour, sa vie physique, sa vie de brigand, de négrier, de pirate, d'assassin... sa vie qui le fera pendre.

Maintenant il rêve : l'esprit, l'âme a quitté son ignoble enveloppe... c'est son autre existence qui commence... son existence aussi à lui, belle, riante, parée, avec des fleurs et des femmes, des palais somptueux, des chants de gloire et d'amour, son existence à vous désespérer tous, oui, cent fois oui, car l'ivresse de l'opium l'élève à un degré de puissance inouïe. Les trésors du monde, le pouvoir des rois ne pourraient jamais, dans votre vie réelle, vous donner la millième partie des jouissances ineffables que goûte ce brigand en guenilles.

— Et ce n'est pas une heure, un jour, une année... mais la moitié de sa vie qu'il passe dans cette sphère divine, où il est presque dieu. Quant à sa vie réelle, ce n'est pour lui, je l'ai dit, qu'un cauchemar qu'il pousse à l'horrible autant qu'il le peut, car, vus d'aussi haut, en présence de tels souvenirs... que sont les hommes ! mon Dieu !... de la matière à contrastes, de la boue qu'on jette à côté d'un diamant pour en faire briller plus vives les étincelantes facettes..

Ainsi du moins pensait Brulart..

Tenez, suivez d'ailleurs le rêve qui répand sur ses traits cette incroyable expression de plaisir et d'extase.

SONGE.

C'était une merveilleuse villa qui se mirait aux flots bleus de l'Adriatique, avec ses arbres verts, ses majestueuses colonnades et ses escaliers de marbre blanc, baignés par une mer indolente...

— Une foule de gondoles aux riches dorures, recouvertes de tentes et de rideaux de pourpre, se balançaient amarrées aux dalles, et impatientes battaient l'eau de leurs deux grandes ailes satinées qui tenaient lieu de rames et de voiles.

— On entendit une musique délicieuse... des sons vibrants et sonores comme ceux de l'harmonica... aériens comme ceux des harpes éoliennes

Et puis de belles filles pâles, avec des yeux noirs, des cheveux noirs et un ineffable sourire sur leurs lèvres roses, se placèrent dans les barques en jouant d'une lyre d'ébène.

Et cette harmonie suave et mélancolique remplissait les yeux de larmes... de larmes douces comme celles qu'on répand à la vue d'un ami retrouvé.

Alors les gondoles s'animèrent, tendirent leurs ailes argentées à une brise... odorante, qui, traversant de vastes bois d'orangers et de jasmins, apportait une senteur délicieuse, et la petite flotte s'éloigna doucement.

A l'arrière de chaque gondole une place était réservée, et les jeunes filles y jetaient incessamment leurs chants d'une voix effeuillaient en chantant à voix basse je ne sais quelles mystérieuses paroles dont la mélodie faisait pourtant battre le cœur.

Mais les gondoles frémirent de joie, agitèrent tout à coup leurs grandes ailes, et, formant un demi-cercle, volèrent avec rapidité au-devant d'un petit esquif aux voiles blanches manœuvré par un seul homme. Cet homme, c'était Brulart... mais beau, mais noble, mais paré...

D'un bond il fit disparaître son canot, sauta dans une des gondoles et regagna le palais de marbre escorté par les filles pâles aux yeux noirs qui continuaient leurs chants d'une marine ravissante :

Et, s'étendant avec délices sur les fleurs qu'elles avaient effeuillées, il attira une des jeunes femmes sur ses genoux :

— « Oh ! viens ; que j'aime la douceur de ta voix, que j'aime ton sourire... Dénoue tes cheveux au vent... que je les sente caresser mon front... donne... Oh ! donne un baiser de ta bouche amoureuse... j'en ai besoin, j'ai tant souffert ! Oui, au lieu de vous, mes sœurs, j'ai vu en songe des êtres noirs et difformes ; au lieu de notre beau lac limpide, de ses rivages fleuris... une mer triste et brumeuse, un ciel gris et sombre ! puis un vaisseau sans pourpre, sans dorure et sans femmes... un homme qui se tordait sur les cadavres en poussant des cris horribles. Au lieu de cette mélodie, de ce langage pur et doux, j'ai entendu je ne sais quels éclats rauques et discordants !...

» Et puis, horreur !... je me voyais, moi, couvert de haillons, me jetant çà et là au milieu de cette bizarre et étrange tourbe d'hommes affreux, parlant leur langue, riant de leur rire, tuant avec leur poignard... moi, moi, si noble !...

« Oh ! quel rêve, quel rêve !... oublions-le... oui... ces souvenirs déjà lointains s'effacent tout à fait... A moi, mes femmes ! à moi, mes sœurs ! franchissons ces degrés ; entrons sous cette coupole étincelante de lumière... mettons-nous à cette table couverte de vermeil, de cristaux et de fleurs. . »

Tout disparaît. Et il se trouvait au milieu d'un immense jardin rempli d'arbres courbant sous le poids de leurs fruits.

Il avait bien soif... sa langue était sèche et rude, son gosier brûlant.

— Il prit une orange couverte d'une peau vermeille et fine, et tenta de la lui ôter.

Mais à chaque morceau d'écorce qu'il enlevait, l'orange saignait comme une blessure fraîche...

C'était du vrai sang, du sang noir, épais et chaud.

— Il continua... ses mains étaient tout ensanglantées...

— Il arracha le dernier lambeau...

— Mais, à l'instant, il se sentit mordu au doigt, mordu avec rage, comme par une bouche humaine, comme par des dents aiguës, convulsivement serrées.

— Et il se prit à fuir.

— Et il secouait sa main toujours mordue par l'orange, qui, s'étant attachée à son doigt, le mâchait... le mâchait...

— Et il sentait les dents froides, arrivant jusqu'à l'os, glisser et crier sur sa membrane luisante.

— Et les dents firent rouler cet os entre elles comme entre deux lames de scie.

L'os se divisa...

Alors le contact des dents glaciales avec la moelle fit circuler un horrible frisson dans tous les membres de Brulart...

Et la moelle fut aussi divisée... comme l'os...

— Alors il sentit l'impression fraîche et humide d'une bouche de femme effleurer ses lèvres brûlantes... et une voix bien connue murmurait à son oreille : — « Ne crains rien, je veille sur toi... attends-moi... »

Et tout disparut encore.

Alors il était dans une vaste chambre, toute tapissée de soie ama-

rante brochée d'or, éclairée par l'invisible foyer d'une lumière égale et pure.

Au fond se dressait un lit de bois de sandal, magnifiquement incrusté de nacre et d'ivoire, couvert d'une riche dentelle et entouré d'élégants rideaux rouges qui laissaient pénétrer dans l'alcôve une lueur faible, rose et mystérieuse.

Puis, de légers tourbillons d'une vapeur embaumée, s'échappant de mille cassolettes de bronze, adoucissaient le vif et brillant éclat de délicieuses peintures qu'ils semblaient voiler.

Et ces tableaux voluptueux faisaient battre les artères et porter le sang au visage...

On entendit marcher... et lui se cacha dans un petit réduit, proche de l'alcôve. Mais de là il pouvait tout voir... Elle entra suivie de ses femmes... C'était peut-être une reine, car elle portait un éblouissant diadème sur son beau et noble front.

Et apercevant un lis qu'il avait posé sur sa toilette, elle sourit...

Mais bientôt, impatiente, emportée, elle gronda ses femmes, car chaque fleur, chaque diamant, chaque bijou, tombaient avec une lenteur bleu cruelle !...

Enfin sa lourde robe bleue, toute roide d'or et de pierreries, glissant à ses pieds, laissa nues ses épaules d'albâtre, larges et rondes, avec une petite fossette au milieu.

Et l'on vit son cou gracieux et cet endroit si blanc, si doux, où naît sa chevelure brune, lisse et épaisse, élégamment relevée, peignée, lustrée...

Elle se retourna...

Sa figure, d'un parfait ovale, avait une expression rayonnante... ses grands yeux bleus étincelaient humides et brillants, sous des sourcils châtains, étroits et bien arqués, que ses désirs haletants fronçaient un peu...

Sa gorge bondissante d'une façon étrange et faisait craquer son corset.

Elle croisa sa jolie jambe sur son genou, et dénoua, ou plutôt rompit avec violence les longs cordons de soie qui attachaient un petit soulier de satin.

Et puis enfin elle renvoya ses femmes ; elle voulut, quel caprice ! les suivre jusqu'au bout d'une galerie qui communiquait à son appartement.

Après avoir soigneusement fermé la porte de cette galerie, rapide comme un oiseau elle vola dans sa chambre.

« Oh ! mon amour, mon seul amour, » murmura-t-elle en tombant dans ses bras, à lui qui, debout, la soutenait en sentant avec ivresse le contact électrique de ce corps, d'admirables proportions.

« Tiens, — disait-elle tout bas... — aujourd'hui... partout tes louanges, partout on disait ton nom, mon adoré ; partout on disait ton courage, ton noble caractère, ta beauté... et heureuse, fière, je me disais : Ce courage, ce noble cœur, cette beauté, tout est à moi... mon Arthur ! — Oh ! Marie... quel doux réveil !... n'ai-je pas rêvé, mon ange... que tu m'avais trahi... tué... que sais-je, moi ! me pardonnes-tu, dis ? — Non, non... tu mourras palpitant sous mes baisers, » dit-elle en bondissant comme une jeune panthère, et lui mordant les lèvres avec une amoureuse frénésie...

« Oh ! viens, viens, » dit-il, et l'on entendit crier les anneaux d'or des rideaux soyeux de l'alcôve...

« Mais, mille millions de tonnerres de diable, — hurlait le Malais à la porte de la dunette, qu'il ébranlait de toutes ses forces, — il est donc mort... capitaine... c'est la goëlette qui est à poupe, et maître le Borgne qui dit que nous sommes chassés... capitaine... capitaine ! »

Cet infernal bruit tira Brulart de son sommeil fantastique. « Déjà... » s'écria-t-il douloureusement (je le crois) en regardant à travers les joints de ses persiennes.

Et tout avait fui avec le réveil ; il ne restait qu'un vague et confus souvenir qui ne faisait que l'accabler davantage.

Le dieu retombait brigand.

Et, sans se donner la peine d'ouvrir sa porte verrouillée et fermée, d'un effroyable coup de tête il la défonça au moment où le Malais frappait encore ; celui-ci fut rouler à vingt pieds...

Fort heureusement, car Brulart l'eût tué.

Mais que devint le capitaine, lorsqu'il vit la goëlette en panne, et qu'il entendit le Borgne lui crier :

« Ah çà, vous êtes donc sourd, capitaine, voilà une heure que je m'égosille à vous héler ; nous sommes chassés, et par une frégate, je crois... n'y a pas à lanterner... je vais aller vous trouver, et nous causerons... vite... car elle a bonne brise, et c'est un vilain jeu à jouer... Tenez... voyez-vous ce signal qu'elle vient de faire encore !—F..... lit Brulart.»

LIVRE QUATRIÈME.

—◊◊◊—

CHAPITRE PREMIER.

LA FRÉGATE.

> Vienge par mer al duc den k'il ara boen vent :
> Tot sa navie amaint, si n'i demort noient.
> ROBERT WACE. — *Roman du Rou et des
> ducs de Normandie.*

« Mais, sacredieu ! c'est une horreur,... » cria le premier lieutenant de la frégate qui devait intriguer si fortement le Borgne et Brulart.

« Le cœur me manque, et ma tante qui m'a défendu les émotions fortes, » dit d'une voix flûtée le commissaire du bord, petit jeune homme frisé, musqué, cambré, qui portait des gants, même à table...

« C'est à interrompre la digestion la mieux commencée, » soupira le docteur, frais, vermeil, fort obèse, et gourmand comme une femme de quarante ans qui a deux amants ou plus...

« C'est à écarteler un brigand de cette espèce ! si on le rencontre... — reprit le lieutenant ; — mais voyons, ne crains rien... raconte-nous ça en détail... veux-tu *reboire*, mon garçon ?... — Je n'y tiendrais pas... ce serait à m'évanouir... les jambes me flageolent déjà... heureusement j'ai mon vinaigre et mon éther... — s'écria le commissaire en se sauvant du carré de la frégate. — Moi, je reste, — dit le docteur, — maintenant que le coup est porté... je n'en digérerai ni plus ni moins... je ne vous quitte pas, mon cher Pleyston... — ajouta-t-il en serrant le bras du lieutenant avec cordialité... — Voyons maintenant... parle, » reprit celui-ci. Il s'adressait en français, à un homme pâle, décharné, qui tremblait encore de frayeur et de froid.

C'était le Grand-Sec, que le *Cambrian*, frégate anglaise de quarante-quatre, avait rencontré sur la cage à poules, avec les deux négresses mortes, et que l'on avait humainement recueilli à bord le lendemain de son accident.

Il parlait temps, je vous assure.

La scène se passait dans le carré ou grande chambre du bâtiment, et les interlocuteurs étaient, comme nous l'avons dit, le docteur et le lieutenant en pied de la frégate.

Le Grand-Sec reprit la parole en regardant toujours autour de lui d'un air effaré...

« Oui, mon lieutenant, voici la chose... pour lors, il a volé le négrier, pris les nègres, le navire, a troqué le capitaine et l'équipage pour des noirs, et pour lors, finalement, l'a laissé dans une patrie ousqu'on l'a dévoré lui et ses matelots... avec leurs pantalons, leurs souliers, leurs vestes, et tout ; car ces gens-là est trop sauvage pour les avoir épluchés... — Et ça devait être d'un dur... — fit le médecin... — Taisez-vous donc, docteur... — reprit le lieutenant ; — continue, mon garçon... — Pour lors, mon lieutenant, voilà que quand nous avons fait la chose de prendre le brick, notre capitaine à nous, y porte son bazar et s'y installe... bon... pour lors, voilà qu'un jour, on fait monter les noirauds pour chiquer leur ration d'air et de soleil... bon... pour lors voilà que lorsque les femelles s'affalent en bas pour rallier leur coucher... c'était, mon lieutenant, l'histoire de rire... pour lors... j'en arrête une par les cheveux et je l'embrasse... bon... je la réembrasse... bon... mais pour lors, voilà... le capit... aine. — pour lors, — Grand-Sec tremblait encore à ce souvenir, et ses dents s'entre-choquaient, — voilà... le capit... aine... qui... me voit... et comme... il... l'avait... dé... fendu, il me fait mettre à cheval sur une barre de cabestan avec des pierriers à chaque jambe... et puis après... amarrer sur une cage à poules avec les... deux... »

Ici le pauvre garçon ne put continuer, et perdit connaissance.

« Allons, allons, docteur,... à votre pharmacie. — Faites-le coucher, c'est moral, purement moral, de l'eau de fleur d'orange, des calmants... — Je vous le laisse, mon ami, — dit le lieutenant, — je monte chez le *Pacha* (1) pour causer de tout cela avec lui... »

Arrivé dans la batterie, le lieutenant Pleyston se dirigea vers l'arrière, dit deux mots à un factionnaire qui montait la garde près de la porte de l'appartement du commandant, et entra.

Comme à bord de toutes les frégates, il traversa la salle du conseil, laissa la chambre à coucher à droite, l'office à gauche, et arriva dans la galerie ou salon situé sous le couronnement.

Là, se trouvait le commandant, sir Edward Burnett.

Cette galerie avait tout à la fois l'air d'une bibliothèque et d'un musée, partout des peintures, des livres, des cartes, enfin un asile de savant et

(1) On appelle ainsi le commandant en style familier.

d'artiste. Couché sur un moelleux sopha, un jeune homme de trente ans, vêtu d'un élégant uniforme brodé... feuilletait un volume de Shakspeare... autour de lui, sur son tapis de Perse, étaient ouverts çà et là d'autres livres, Volney, Sterne, Swift, Montesquieu, Corneille, Moore, Byron, etc... et on voyait que le lecteur avait butiné çà et là une pensée, une idée, une anecdote... agissant en véritable épicurien qui goûte de tout avec choix et friandise.

Quand le lieutenant entra, sir Burnett leva la tête, et l'on vit une charmante figure de brillant et fashionable officier...

« Ah !... bonjour, mon cher Pleyston, — dit-il en se levant et tendant la main à son second avec la plus exquise politesse ; — eh bien... quelles nouvelles... asseyez-vous là... prenez donc un verre de madère avec moi...

Il sonna, son valet de chambre servit et se retira.

« Toujours du madère, commandant, et pour moi seul, car vous ne buvez que de l'eau... jamais de pipe... jamais une pauvre chique... — ajouta Pleyston en dissimulant la sienne. — Mais vous voyez que j'ai du vin, mon bon lieutenant ; et quant au tabac... j'en possède aussi de parfait... — Pour nous autres... comme le madère...— Ne parlons plus de ça, qu'avons-nous de nouveau ?... — Commandant, il y a de nouveau que ce malheureux que l'on a repêché confirme tout ce qu'il nous avait d'abord dit... — C'est inconcevable... c'est d'une cruauté inouïe... mais quelle route suit ce forban ?... — Il fait voile pour la Jamaïque, commandant... — Nous devons le rencontrer en courant la même bordée ; faites, je vous, gréer les bonnettes, couvrez la frégate de toile... il est possible que nous l'atteignions avant la nuit... nous ferons alors une bonne et prompte justice de ce misérable... Rien de plus... Pleyston ?— Non, commandant... — Oh ! quel ennuyeux métier, chasser des négriers, c'est à périr de monotonie... — Ah ! commandant, pardieu, vous aimeriez mieux retourner dans votre Londres... aux courses de New-Market... dame... riche et jeune... joli garçon... le filet file sans qu'on y regarde... — Non, non, mon cher lieutenant, j'aimerais mieux une bonne campagne de guerre... — Vous êtes payé pour cela... à trente ans deux combats, cinq blessures, et capitaine de frégate... ça donne envie... — Non, mon ami, cela donne des regrets, surtout quand on voit des vétérans comme vous rester aussi longtemps dans les bas grades... mais vous savez que je me suis chargé de vous faire rendre justice, et... »

Un nouveau personnage entra bruyamment... figure commune, quarante ans, grand, gros, lourd, l'air niais et brutal.

C'était un de ces officiers sans mérite qui, ayant langui dans les emplois inférieurs à cause de leur stupide ignorance, nourrissent une haine d'instinct et d'envie contre tout ce qui est jeune et d'une portée supérieure ; le grand refrain de cette espèce est celui-ci : « Je suis vieux, donc j'ai des droits. » Quant au mérite, à la capacité, aux services rendus, on n'en parle pas.

« Je crois, — dit le nouveau venu, presque sans saluer son supérieur, — je crois qu'on voit les deux navires que vous avez chassé depuis ce matin, mais la nuit viendra avant qu'on ait pu les rallier... aussi, cordieu, c'est votre faute, commandant. — Vous oubliez, monsieur, que le temps était trop forcé pour nous permettre de faire plus de voile... — Non... on pouvait faire plus de voile ; d'ailleurs c'est mon opinion, et les opinions sont libres... nous ne sommes pas des esclaves ; des anciens comme nous peuvent dire ce qu'ils pensent... et leur opinion... — C'est un droit que je ne vous conteste pas, monsieur, je reçois avec reconnaissance les conseils de gens expérimentés, mais j'ai agi comme je croyais devoir agir, et je viens de donner l'ordre au lieutenant en pied de gréer les bonnettes. — C'est trop tard, je puis bien trouver que c'est trop tard ; c'est mon opinion. — Monsieur Jacquey, — reprit le commandant avec un mouvement d'impatience, — depuis quelque temps vous prenez avec moi des singulières licences : je suis seul chef ici, j'agis comme bon me semble, monsieur, et je vous engage à y songer. — Commandant, — dit Pleyston tout bas, — vous savez qu'il est bourru et bête comme un âne. — Mon cher lieutenant, veuillez, je vous prie, faire exécuter mes ordres, » — dit le commandant.

Pleyston sortit.

« Monsieur Jacquey, vous avez de l'humeur ; il est pénible, je le conçois, à votre âge, de n'occuper qu'un grade inférieur à vos camarades... Pleyston lui-même... un officier rempli de mérite. — C'est un brosseur ; vous dites cela parce qu'il vous flatte. — Vous me manquez en parlant ainsi d'un officier qui m'approche, monsieur... — Je suis fâché, c'est mon opinion ; je suis un ancien, un franc marin, et je dis ce que je pense. — On peut, monsieur, être à la fois ancien marin, et calomniateur en accusant à faux un brave et loyal camarade... j'en suis fâché, mais vous m'obligez à vous infliger une punition : vous garderez les arrêts huit jours, monsieur.— Mille tempêtes ! être puni par un enfant... par un mousse... »

Le commandant pâlit, ses lèvres se contractèrent, mais il répondit avec le plus grand calme :

« Monsieur, vous perdez la tête, vous oubliez que chacun de mes grades a été acheté par une blessure ou une action qu'on a bien voulu remarquer ; ne me faites donc pas rougir en m'obligeant à parler ainsi de moi ; vous n'êtes pas généreux, monsieur : vous savez que le temps, le lieu et ma position ne me permettent pas de répondre à votre injure, mais comme, avant tout, je suis commandant de cette frégate, vous garderez les arrêts forcés pendant un mois, monsieur, et je suis indulgent ; car vous m'avez injurié chez moi, et je pouvais vous faire passer à un conseil. Je désire être seul, monsieur. »

Et le commandant se remit froidement à lire.

« Mais, tonnerre de... — Monsieur, — dit le jeune officier en se levant, — je serais désolé de finir par appeler le capitaine d'armes... »

Et le lieutenant Jacquey, vaincu par cette fermeté, sortit en maugréant.

« Je suis fâché de tout ça, — dit sir Edward, — mais, parce qu'ils sont vieux et ignorants, il faudrait tout leur passer, c'est impossible. »

Les ordres furent exécutés ; et, les bonnettes donnant une nouvelle vitesse au *Cambrian*, cette belle frégate ne se trouvait guère qu'à douze milles du brick et de la goëlette de Brulart, au coucher du soleil.

Tout l'état-major était monté sur le pont, attiré par la curiosité ; car l'histoire du *Grand-Sec* s'était répandue, et l'on attendait avec une incroyable impatience le moment où l'on s'emparerait de ces deux navires, et de l'infâme Brulart surtout.

Pourtant l'équipage ne montrait pas la même horreur que les officiers pour ces méfaits, et les marins du *Cambrian* parlaient de Brulart comme les femmes parlent de ce qu'on appelle vulgairement : *les mauvais sujets*.

« C'est ça un crâne négociant ! — disait l'un, — quel toupet ! C'est égal, — reprenait un autre, — il doit être *chenu* : c'est pas un combat ou une tempête qui lui ferait cligner l'œil à celui-là... — Enfin on le pendrait que ça serait bien juste, mais tout de même ça me pincerait le ventre, parce qu'après tout on regrette toujours un brave, » disait un troisième.

Quand le soleil fut couché, on continua d'observer *la Catherine* et la *Hyène* au moyen de longues-vues de nuit qui permettaient de suivre leurs manœuvres.

« Allons-nous souper, Pleyston ? — disait le docteur, — j'ai un appétit de vautour ; nous avons, entre autres choses, un *endaubage* d'*Apperi*, des perdreaux farcis, qui ont une mine... une mine... à en devenir amoureux, à se mettre à genoux devant, à ne les manger que respectueusement découvert, tête nue... — Ah ! vieux... vieux docteur, va... tu prends pour toi tous les appétits que tu défends aux malades ! quel coffre ! c'est une vraie cale aux vivres ! Allons, commissaire, allons donc ! que faites-vous là ? — Ce que je fais ?... Mon Dieu, je tâche de voir ces deux infâmes bâtiments ; il n'y a aucun danger, n'est-ce pas, lieutenant ? quelle figure ils doivent avoir !... Dieu ! si ma tante savait à quoi l'on m'expose... — Ah ! est-il drôle, le commissaire, avec sa tante ! Tenez, vous devriez mettre une cornette et du rouge, et vous lui ressembleriez, à votre tante : soyez donc homme, cordieu ! mais vous ne savez donc pas qu'une fois les navires amarinés, c'est vous qui serez chargé d'aller à bord faire l'inventaire des nègres et des pirates ? — Dieu du ciel ! à bord ! mais ce doit être indécent ! Non, non, je n'irai pas... pour attraper une bonne maladie ; ma tante m'a bien dit d'être prudent ! — Pleyston, tu te feras tuer, — disait le docteur à moitié descendu, et dont on ne voyait plus que la joyeuse figure qui rayonnait au-dessus du grand panneau ; — à ton premier coup de grog, je te soignerai... — Je te suis, vieux. Allons, madame, voulez-vous ma main ? — dit le lieutenant d'un air goguenard au commissaire. — Monsieur, toujours route à l'ouest-nord-ouest, et avertissez-moi dès que nous serons à portée de canon de ces pirates, dit le commandant à l'officier de quart en rentrant chez lui.

CHAPITRE II.

UNE RUSE.

Gueule Dieu ! c'est lui qui nous pousse céans, et il nous plante là au milieu de la besogne !
Victor Hugo. — *Notre-Dame de Paris.*

Oh ! oh ! le rusé compère... voilà de quoi
faire rire le soir à la veillée.
Buble. — *La Femme folle.*

Le matin, sur les quatre heures, la frégate était au plus à un mille de *la Catherine* et de la *Hyène* ; mais ses grandes voiles blanches et les feux qui étincelaient au milieu d'une de ces nuits des tropiques, si claires et si transparentes, avaient merveilleusement aidé le Borgne à découvrir l'ennemi qui le poursuivait.

Les deux navires de Brulart venaient de mettre en panne, et le Borgne s'était jeté à bord du brick.

Lui, Brulart et le Malais tenaient conseil sur l'arrière de la dunette.

« Il n'y a qu'une chose à faire, — disait le Borgne, — c'est de filer... — Filons,... — répéta le Malais — oui, vous êtes ! — cria Brulart, — la frégate vous laissera faire, n'est-ce pas ? car elle m'a l'air de marcher comme une autruche. Ce n'est pas ça... réponds, le Borgne,

combien peut-il tenir de noirs... en plus dans la goëlette ? — Mais, en les serrant un peu... trente... — Pas plus ?... — Non, car ils n'auraient pas même leurs coudées franches, il faudra les arrimer de côté. — Mettons quarante ; ils ne sont pas ici au bal pour faire les beaux bras et les jolis cœurs. — Alors mettons cinquante, — dit le Borgne. — Bon... cinquante... que tu vas choisir ici, parmi les grands Namaquois ; tu les amarreras d'un côté et les petits Namaquois de l'autre, pour qu'ils ne se dévorent pas... tu m'entends ? — Oui, capitaine. — Pendant ce temps-là, toi, le Malais, tu prendras tout ce qui nous reste de poudre à bord de la goëlette, moins un baril, et tu l'apporteras ici... tu m'entends ?... — Oui, capitaine. — Et dépêchons, car je vous cognerai si dans une demi-heure tout n'est pas paré... »

Le Borgne descendit dans le faux pont du brick, choisit à peu près cinquante nègres ou négresses, y compris Atar-Gull... doubla leurs fers et les fit embarquer à mesure par sections de dix, dans un canot qui les transportait à bord de la goëlette où, là, on les déposait provisoirement sur le pont... bien et dûment enchaînés.

De son côté, le Malais ouvrit la soute aux poudres de *la Hyène*, fort honnêtement garnie, et fit apporter sur le pont de *la Catherine* environ trois cents kilogrammes de poudre renfermés dans de petits barils. Pendant ce temps, Brulart fixait son regard pénétrant, qui semblait percer l'obscurité de la nuit, sur la frégate, qui avançait toujours,... et à une lueur qui éclata tout à coup (c'était sans doute un signal), il put juger sûrement de la distance qui le séparait d'elle...

« Sacré mille tonnerres de diable, — cria-t-il... — c'est juste ce qu'il nous reste de temps pour prendre de l'air... le Borgne... le Borgne... ici chien, ici... »

Le Borgne accourut...

« Fais embarquer tout l'équipage à bord de la goëlette, y compris les noirs... — Les noirs y sont déjà... — Bien... tu resteras ici seul avec moi et le Malais... »

Le Borgne frémit...

« Et dis à un vieux matelot de tout parer pour prendre le large sitôt que nous retournerons à bord de la *Hyène*. »

Ces ordres furent exécutés avec une merveilleuse rapidité, et, au bout d'un quart d'heure, Brulart, le Borgne et le Malais restaient seuls sur le pont de *la Catherine* qui se balançait silencieuse sur l'Océan... La *Hyène*, aussi toujours en panne, n'attendait que la présence de Brulart et de ses deux acolytes pour mettre à la voile. Le Borgne et le Malais échangeaient de fréquents regards et des mouvements d'yeux expressifs en considérant Brulart, qui, appuyé sur son gros bâton, semblait méditer profondément.

Cet infernal trio avait une singulière expression, éclairé à moitié par la clarté du fanal que Cartahut balançait machinalement.

La figure de Brulart, reflétée au plafond par cette lumière rougeâtre, avait une horrible expression de méchanceté : on voyait aux rides qui, se croisaient dans tous les sens sur son large front, s'effaçaient, allaient et revenaient, qu'il était sous l'influence d'une idée fixe, cherchant sans doute la solution d'un projet quelconque... Enfin... frappant un grand coup de bâton sur le dos de Cartahut, il s'écria joyeux et triomphant :

« J'y suis... J'y suis. Ah ! dame frégate, tu veux manger dans ma gamelle... eh bien ! tu vas goûter de ma soupe... Et vous autres, — dit-il au Borgne et au Malais, qui causaient à voix basse de je ne sais quel meurtre ou quel vol, — vous autres, imitez-moi... prenez des haches... mais d'abord descendons ces barils de poudre dans le faux pont... »

Ce qui fait... puis ils enlevèrent avec précaution le dessus de chaque baril de poudre... Puis ils agglomérèrent ces barils en les entourant de trois ou quatre tours de câbles et de chaînes... afin de les faire éclater avec une incroyable violence. Puis Brulart mit au-dessus d'un des barils un pistolet armé et chargé, dont le canon plongeait dans la poudre. Puis il attacha une longue corde à la détente de ce pistolet. Pendant cette délicate opération, ses deux confrères se regardaient en frissonnant, il fallait un geste, un rien pour les faire sauter. Mais Brulart avait tant de sang-froid et d'adresse !...

« Montons là-haut, — reprit-il en emportant le bout de la grande corde qui répondait au pistolet, — et toi, Cartahut, tu resteras ici. »

Le malheureux mousse jeta un cri d'effroi.

« Allons, — dit Brulart, — non, je ne t'y laisserai pas tout à fait ; seulement ferme et calfate bien l'entrée du petit panneau. Nous allons t'attendre sur le pont ; » et il poussait du coude ses acolytes, comme pour les prévenir d'une intention plaisante.

J'oubliais de dire qu'il restait une ou deux douzaines de nègres dans le faux pont, de ceux que le Borgne n'avait pas désignés comme devant aller à bord de la goëlette.

Cartahut ferma, verrouilla le petit panneau, et sortit par le grand.

Alors Brulart, avant de recouvrir cette ouverture avec la planche carrée destinée à cet effet, attacha au-dessous de cette planche, du côté qui donnait dans le faux pont, attacha, dis-je, la corde qui répondait à son pédard, et replaça ce couvercle sur le panneau à demi ouvert.

« Comprenez-vous ? — dit-il à ses autres, qui suivaient ses mouvements avec une impatiente curiosité. — Non,... capitaine... — Vous êtes des bêtes... je... Mais nous causerons de ça à bord de la *Hyène*. Vous êtes des bêtes,... je... Mais nous causerons de ça à bord de la *Hyène*, toi, le Borgne, laisse le brick amuré comme il l'est, laisse-le en panne et suis-moi. »

Or tous trois descendirent dans la yole amarrée aux flancs du brick.

suivis de Cartahut, qui l'avait échappé belle... ma foi ; et, le Malais et le Borgne ramant avec ardeur, ils atteignirent *la Hyène* en un instant... A peine Brulart fut-il sur le pont que, de sa grosse et tonnante voix, il cria :

« Brassez bâbord, laissez arriver vent arrière, larguez toutes les voiles, toutes, à chavirer s'il le faut ; mais filons vite, car la camarade nous apprête une chasse. »

Et, la nuit devenant plus claire, il montrait la frégate qui était à deux ou trois portées de canon...

La Hyène sentit bientôt cette augmentation de voiles, et vola avec une inconcevable rapidité sur la surface de la mer, favorisée par une bonne brise...

« Et bien... vous abandonnez donc le brick, capitaine ? crièrent le Borgne et le Malais. — Je le crois bien... mais voici la chose : comme vous voyez, il reste en panne dans l'air de vent de la frégate ; nous sommes deux navires, elle est seule, il faut choisir ; elle pique d'abord droit au cul lourd, au bâtiment en panne, on ne se défie pas de ça, un vrai bateau marchand ; elle s'approche à petite portée de voix... et se met à héler... pas un mot de réponse ; embêtée de ça, elle envoie du monde à bord, on monte, — personne... — on va au petit panneau... fermé, verrouillé ; on va au grand... bon ! — font-ils, il est à moitié ouvert, ils veulent l'ouvrir tout à fait, la corde roidit, la détente part... et allez donc, six cents livres de poudre en feu... Avis aux amateurs ! — Quel homme ! — se dirent des yeux le Borgne et le Malais. — Vous voyez la chose, le brûlot éclate, désempare la frégate ou à peu près, il tue un monde fou ; si proche, c'est une bénédiction ! elle ne pense pas à nous poursuivre ; nous profitons de ça pour filer, et dans deux jours nous sommes à la Jamaïque... à boire... »

Et il se dit en lui-même : *Quel vilain rêve !*

Le pont de *la Hyène* offrait un singulier spectacle : encombré de nègres et de matelots, chargé de plus du double de monde qu'il n'en pouvait contenir ; vrai, c'était à faire pitié de voir ces noirs, enchaînés, battus, foulés aux pieds pendant les manœuvres, ne sachant où se mettre et roués de coups par les marins.

« Avant qu'il soit dix minutes, — murmura Brulart, — vous verrez l'effet de ma mécanique. »

A peine achevait-il ces mots qu'une immense clarté illumina le ciel et l'Océan, une énorme colonne de fumée blanche et compacte se déroula en larges volutes, et la goëlette trembla dans sa membrure au bruit d'une épouvantable détonation.

... C'était cette pauvre *Catherine* qui sautait en l'air en couvrant sans doute la frégate *le Cambrian* de ses débris enflammés, tuant peut-être son jeune et brave commandant, son bon et gourmand docteur, son petit commissaire malgré sa tante... que sais-je, moi ?

Pauvre *Catherine*, adieu ! laissez-moi lui donner un regret ! Adieu, c'en est donc fait ; aussi bien tu devais suivre la destinée de ton capitaine, du bon et digne Benoît, car sans lui que serais-tu devenu, pauvre cher brick ?... quelque infâme bâtiment pirate... toi, accoutumée aux jurons si chastes, si candides de Claude-Borromée-Martial, tu aurais peut-être retenti d'ignobles et crapuleux blasphèmes ! d'infâmes pieds eussent souillé la blancheur virginale de ton plancher, tes mâts en auraient frémi d'indignation, et, au lieu de voir pendre à tes jolies vergues luisantes l'habit et le pantalon de ton bon capitaine, qui soignait si bien sa modeste garde-robe, on les aurait peut-être vues fléchir, ces jolies vergues, sous les balancements de cadavres pendus çà et là. Ainsi, repose en paix, *Catherine*, tu as trouvé un tombeau digne de toi ; mieux vaut cent fois pour tombe la profondeur transparente de l'Océan que les lourds et chauds estomacs des *petits Namaquois*... Et certes, Benoît le dirait, s'il vivait, s'il n'avait pas été digéré, le pauvre homme... Adieu donc encore... adieu, *Catherine*... que les vagues te soient légères.

. . . .

On ne peut se faire une idée du transport, du délire que cet événement excita à bord de *la Hyène* : c'étaient des cris, des battements de mains à la faire sombrer ; Brulart surtout ne se possédait pas de joie ; il sautait, gambadait, tonnait, ravi de voir la réussite de sa *ruse*... Au lever du soleil il avait perdu la frégate de vue.

Le surlendemain, sur les quatre heures du soir, il débarquait ses nègres à la Jamaïque, près de l'anse Carbet... sur l'habitation de M. Wil, brave colon, une de ses plus anciennes pratiques.

Par exemple, sur les noirs sauvés du brick, il n'en restait que dix-sept et un métis. La cargaison de la goëlette avait moins souffert, il en restait les deux tiers ; somme toute : — il jouissait de quarante-sept nègres ou mulâtres, qu'il vendit, l'un dans l'autre, quinze cents francs pièce, c'était donné.

Tom Wil le paya comptant, mais il l'engagea à ne pas faire un long séjour dans la colonie, par mesure de prudence... Brulart goûta d'autant plus cet avis qu'il se souvenait de l'espièglerie faite à la frégate ; or il mit bientôt à la voile pour Saint-Thomas, en se proposant de renouveler sa *tontine* s'il en trouvait l'occasion, car Tom Wil lui avait appris que, comptant marier sa fille, il faudrait alors monter l'atelier qu'il lui donnait en dot, et que lui, Brulart, étant raisonnable, il voulait le charger de cette fourniture.

Brulart partit donc, et de quelque temps on n'en entendit plus parler.

CHAPITRE III.

LE COLON.

Sucre, café, coton, indigo, rhum, tafia. — Exportation : 000,000,000. — Frais bruts : 0,000,000,000. — Gain : 00,000.

B. POIVRE. — *Economie politique.*

C'est qu'il y a certains personnages dont on s'est fait une habitude de rire, et qu'on ne plaint de rien.

DIDEROT. — *Romans.*

C'était un digne et honnête homme que ce bon M. Wil, un des plus riches colons de la Jamaïque ; il était riche, puisque ses plantations s'étendaient depuis la pointe de l'Acona jusqu'au Carbet ; il était bon, car ses voisins le taxaient de faiblesse envers ses noirs.

Le fait est que M. Wil recevait le *Times* ; aussi l'esprit négrophile de cette feuille avait-il développé en lui des sentiments de philanthropie qui seraient peut-être restés enfouis au fond de son cœur si leur germe n'avait été fécondé par la lecture de cette estimable feuille ; lecture que le colon comparait poétiquement à la bienfaisante rosée qui fait poindre et éclore les cannes à sucre, car le colon avait quelques lettres, et lisait bien autre chose que le *code noir* ou la *mercuriale* de la Jamaïque.

Or, un matin, environ deux mois après la visite de Brulart, M. Wil fut inspecter sa sucrerie de l'Anse aux Bananiers, dont les ateliers étaient presque tous montés avec les noirs de feu le capitaine Benoît. Grands et petits Namaquois y vivaient en bonne intelligence, *la rigoise* du commandeur ayant éteint toutes les haines, nivelé tous les caractères.

M. Wil partit donc un matin ; devant lui deux nègres armés de coutelas marchaient pieds nus ; ces fidèles serviteurs, couverts de simples caleçons de toile, devaient, en abattant des haziers épineux, frayer un chemin plus facile à la mule de leur maître, écarter les ronces qui l'auraient blessé, et surtout détruire les reptiles, si nombreux dans cette partie de la colonie, qui pouvaient piquer mortellement cette belle bête, que M. Wil n'eût pas donnée pour trois cents gourdes, tant elle avait de bonnes et franches allures.

On arriva. — Le commandeur de l'habitation fouettait un nègre, attaché à un poteau.

« Holà ! Tomy, — dit M. Wil, — qu'a fait cet esclave ?

— Maître, il arrive de la Geole, il s'était enfui *marron* (1). Son *droit* est de cinquante coups de fouet ; mais, comme vous avez été assez bon pour réduire toutes les peines de moitié, ça ne nous fait que vingt-cinq, et je suis au douzième... — Continue..., » dit le Titus ; et il s'en fut aux acclamations de ses nègres, réellement fiers d'avoir un si doux maître.

Il entra dans le moulin à sucre : cette machine se compose de deux énormes cylindres de pierre, qui tournent sur leur axe, en laissant entre eux deux un étroit intervalle, dans lequel on introduit des bottes de cannes à sucre, que l'on avance à mesure que le mouvement de rotation les attire et les broie.

Comme le colon marchait sur des feuilles de palmier, dont on avait jonché le sol, il ne fut point entendu d'une jeune négresse qui présentait des cannes au moulin. Mais ce n'était pas le moulin que regardait la pauvre fille !

Ses yeux étaient tournés vers un jeune, beau grand nègre, aux yeux vifs, aux dents blanches, à la peau noire et luisante.

Or, Atar-Gull, car c'était lui, s'approchait quelquefois pour effleurer les lèvres vermeilles de la négresse ; mais elle baissait la tête, et la bouche de son amant ne rencontrait que ses cheveux longs et doux. Alors elle riait aux éclats, la pauvre fille... Et les deux cylindres attiraient toujours les bottes de cannes, et elle, suivant leur mouvement, approchait de la meule sans y penser, occupée qu'elle était des tendres propos de son amant.

Le père Wil voyait tout cela et se mourait d'envie de châtier un peu ces fainéants : mais il contint sa colère.

« Narina, — disait Atar-Gull dans sa belle langue caffre, si suave, si expressive, — Narina, tu me refuses un baiser, et pourtant je t'ai fait de beaux colliers avec les graines rouges du caïlier ; pour toi, j'ai souvent surpris l'anoli aux écailles bleues et dorées, je t'ai donné un madras qui eût fait envie à la plus belle mulâtresse de la Basse-Terre ; vingt fois j'ai porté tes fardeaux ; ces cicatrices profondes prouvent que j'ai reçu pour toi la punition que tu méritais, quand tu laissas échapper le ramier favori du maître... et pour tout cela un baiser... un seul... »

Narina n'était pas ingrate, non ; aussi elle avançait en souriant ses lèvres de corail... lorsqu'elle poussa un cri horrible, un cri qui fit retourner le colon, car il cherchait déjà le commandeur pour livrer à son fouet la négresse indolente et rieuse.

(1) On appelle nègres marrons ceux qui se sauvent des habitations pour se cacher dans les bois.

Toute à son amour, avançant toujours machinalement sa main vers le moulin, la malheureuse ne s'était pas aperçue qu'il ne restait plus de cannes à moudre, et, au moment où Atar-Gull l'embrassait... elle engageait sa main entre les deux cylindres, qui, continuant leur mouvement d'attraction, l'eurent bientôt écrasée; l'avant-bras suivit la main, lorsque le nègre sauta sur la hache de salut (1), et d'un coup sépara le bras de l'avant-bras, qui disparut broyé entre les deux meules. Le commandeur accourut aux cris du bonhomme Wil et à ceux des noirs. On transporta Narina à l'infirmerie, où elle fut parfaitement soignée.

Avec un maître moins humain que le colon, elle eût reçu une vigoureuse correction à sa convalescence, car enfin elle ne perdait à tout cela qu'un bras, le propriétaire y perdait au moins cent gourdes...

« Que décidez-vous de ce gaillard? — demanda le commandeur, — il mérite quelque chose pour avoir retardé la fabrication et détérioré une de vos esclaves? — Sa conduite? — Pour ce qui est de cela, monsieur Wil, excellente; travailleur comme un bison; un peu taciturne, mais doux comme un agneau, pas plus de fiel qu'un pigeon... — Vraiment! pardieu; alors je l'emmène avec moi... Justement cet animal de Cham, à qui j'ai donné la direction de mes chiens, se néglige de jour en jour...; je te l'enverrai pour remplacer celui-ci à l'atelier... Parle-t-il un peu anglais? — Quelques mots de patois, mais il entend très-bien les signes. — Allons, c'est dit, je le prends... mais avant, pour ne pas encourager de telles dégradations, fais-lui administrer quelque chose... un rien... pour l'exemple, et fais vite... car ma femme et Jenny m'attendent pour déjeuner, et je veux rentrer avant la chaleur... — Alors, monsieur Wil, la douzaine... — Comment! la douzaine? — Oui, monsieur, — répondit le commandeur en agitant son fouet... — Ah!... je n'y étais, ma foi, pas du tout; oui, oui, la douzaine... et envoie-le-moi tout de suite... »

Atar-Gull fut donc attaché et fouetté.

Son calme, son sourire doux ne l'abandonnèrent pas un instant; pas une plainte, pas un gémissement, c'était plutôt avec une expression de joie et de contentement qu'il recevait les coups...

Et au fait, le pauvre garçon, tout le servait à souhait; depuis une certaine aventure, il n'avait en qu'un but, celui de se rapprocher de M. Wil, d'être autant que possible admis dans son intérieur : car il vivait maintenant de deux haines bien distinctes : — Brulart et le colon.

Et encore la haine qu'il portait à Brulart était-elle pâle et froide auprès de celle qu'il avait vouée au bonhomme Wil.

Aussi la conduite sage, laborieuse, réglée, soumise, pouvait déjà son fruit, car, avant la correction, et comme pour la lui faire endurer plus patiemment, le commandeur lui avait expliqué qu'il allait suivre le colon, et que c'était à sa bonne conduite qu'il devait cette faveur inespérée.

Comment, après cela, n'eût-il pas béni cent fois les coups! n'eût-il pas baisé les lanières qui le déchiraient!

Quand on eut fini, Atar-Gull fit un paquet du peu qu'il possédait, et courut tenir l'étrier de M. Wil, qui, flatté de son activité et de son peu de rancune, lui tapa légèrement la joue d'un air riant et paternel. Atar-Gull partit sans même voir Narina; il s'agissait bien d'amour vraiment... Qu'est-ce que l'amour, dites-moi, en présence d'une bonne haine africaine, profonde et vivace?

Quand le colon arriva près du Carbet, le soleil était fort ardent; aussi commençait-il à regretter son grand parasol, et à se tourmenter sur sa mule, lorsqu'une voix bien connue le fit tressaillir...

Il parcourait une longue avenue d'épais tamarins, entourés de lianes et de haziers, lorsque d'un des deux côtés accourut, toute gaie, toute palpitante, toute rose, une ravissante jeune fille... C'était Jenny...

Et puis, derrière elle, un beau jeune homme qui portait le parasol tant désiré, et donnait le bras à une femme à cheveux gris, un peu courbée... C'était Théodrick et madame Wil...

« Prends garde, prends garde, ma Jenny, — dit le colon, — tu vas faire écraser tes petits pieds par la biche. » (C'était le nom de sa mule.)

Et, au fait, la jeune folle se précipitait vers la main de son père, qu'elle baisait avec tendresse, sans craindre les atteintes de la biche; et, comme son grand chapeau de paille tomba, ses jolis yeux disparurent presque sous ses beaux cheveux blonds tout bouclés...

« Pauvre père, dit-elle en attachant sur le colon un regard tendre et inquiet, — comme il a chaud... et nous avions oublié ce parasol... c'est de la faute de Théodrick aussi... — Ah!... Jenny... tu vas gronder ton Théodrick... »

Madame Wil approcha...

« Eh bien! mon ami, tu dois être fatigué... — Voulez-vous descendre de mule, monsieur Wil? — demanda Théodrick avec intérêt. — Non, mes enfants, non, je me trouve très-bien... quelle est la fatigue qui ne s'oublierait pas avec une réception aussi cordiale... pourtant j'aime mieux finir la route à pied... avec vous... »

Et le colon descendit de sa monture, la flatta un peu de sa grosse main, et la remit à un des nègres qui l'avaient suivi...

« Quel est ce nouveau-venu? — demanda madame Wil en montrant Atar-Gull. — Un diamant, un vrai diamant, à ce que m'a assuré Jacob... je vais lui donner la place de ce paresseux de Cham. (2) — Tu es bien

sûr au moins de cet esclave, mon ami?... — Tu sais que Jacob s'y connaît... Allons, allons, marchons vite, je me sens en appétit. — Vous aurez de quoi le satisfaire, monsieur, — dit d'un air sérieusement comique madame Wil, — je crois que Tony s'est surpassé... vous avez des langoustes au piment, un chou-palmiste au coulis, des... — Tais-toi, tais-toi, ne me dis pas; madame Wil, tu m'ôtes la surprise... Mais vois donc Jenny et Théodrick! chers enfants... ils sont bien faits l'un pour l'autre... qu'ils sont beaux! regarde donc cette taille, hein... ma Jenny n'est-elle pas une des plus belles filles de la Jamaïque?... — Dites donc notre Jenny, s'il vous plaît, monsieur Wil, » reprit madame Wil.

Le colon embrassa joyeusement sa femme pour toute réponse...

On arriva enfin dans une salle à manger fraîche et spacieuse, et toute cette bonne et honnête famille s'attabla gaiement autour d'un splendide déjeuner.

« Faites appeler Cham, » dit M. Wil quand il eut pris son thé.

Au bout d'un quart d'heure, Cham se présenta tout tremblant. Le colon, à demi couché sur son canapé, tenait un superbe fusil de chasse, dont il s'amusait à faire jouer les ressorts. « Cham, — dit le maître, — je m'aperçois de plus en plus de ta négligence; d'abord, tu maigris, tandis qu'un bon esclave doit toujours être bien portant pour faire honneur à son maître, et représenter le plus d'argent qu'il peut; — mes chiens de chasse dépérissaient aussi, je t'en ai ôté la surveillance; je t'avais donné la direction de la purgerie, tu t'en acquittes fort mal. Or, tu ne mettras plus les pieds chez moi, dans la maîtresse case, tu partageras les travaux des autres esclaves; c'est Atar-Gull, — dit-il en montrant le noir qui, déjà installé dans son poste, était assis aux pieds du colon, et le rafraîchissait avec un éventail, — c'est Atar-Gull qui te remplacera... »

Le pauvre Cham baissa tristement la tête en disant à voix basse :

« Pardon, maître, pardon, pardon, il y a seulement neuf jours que je néglige mes devoirs, jusque-là... — Jusque-là, c'est vrai, tu t'étais montré un digne serviteur, — dit le colon en jetant un morceau de sucre à Atar-Gull, qui le disputa à un superbe épagneul, — mais depuis il a fallu ma bonté pour ne pas te laisser mourir sous le fouet du commandeur, car, Dieu me damne! si je sais à quoi attribuer ce changement dans ta conduite. »

Alors Cham, comme s'il fût sorti d'un combat qu'il se livrait intérieurement, articula avec peine et angoisse : « C'est que, depuis neuf jours, mon fils a disparu, et je ne puis penser qu'à cette perte cruelle; je l'aimais tant mon premier-né! — Ton fils a disparu! — s'écria l'honnête Wil en se levant sur son séant et ajustant Cham avec son fusil, qui, heureusement, n'était pas chargé (Cham valait au moins trois cents gourdes), — ton fils a disparu, misérable! un négrillon Congo de la plus belle espèce! Non content de laisser dépérir mes chiens, de maigrir toi-même, tu me perds ton fils! Mais tu veux donc me ruiner, misérable! songes-y bien!... si demain, à pareille heure, ton fils n'est pas retrouvé; si dans quinze jours tu ne commences pas à avoir un embonpoint convenable, tu seras châtié d'importance. Va-t'en, que je ne te voie plus; et toi, mon fidèle Atar-Gull, tiens, voici une montre que je destinais à cette brute; que soit une récompense et un encouragement; et toi, Cham... sors, ou, pardieu, tu connaîtras ce que pèse la crosse de mon fusil. »

Cham sortit en jetant un furieux regard sur son rival qui se livrait à une joie d'enfant en approchant la montre de son oreille pour écouter le bruit du mouvement.

Voici donc Atar-Gull en faveur chez le colon.

CHAPITRE IV.

LE PÈRE ET LE FILS.

> Il y a une grande différence, voyez-vous, entre un capital productif et un capital improductif; car un capital, employé *productivement*, est un des trois grands *agents de la production*, et prend part aux profits de cette *production*. Employer un capital dans la *production*, c'est avancer les *frais de production*. La *valeur du produit* qui en résulte rembourse cette avance.
>
> J. B. SAY. — *Economie politique*, t. II, p. 255.

> — Sais-tu ce que ce supplice que vous font subir durant de longues nuits vos artères qui bouillonnent, votre cœur qui crève, votre tête qui rompt, vos dents qui mordent vos mains; tourmenteurs acharnés qui vous retournent sans relâche comme un gril ardent?...
>
> VICTOR HUGO. — *Notre-Dame de Paris.*

Il est, je crois, nécessaire d'expliquer le motif de la haine que portait Atar-Gull à M. Wil, qui, par sa conduite, ne paraît peut-être pas,

---

(1) Une hache attachée dans chaque moulin est destinée à remédier ainsi à ces accidents, qui arrivent fréquemment.

(2) On ne doit pas s'étonner de voir des nègres porter des noms bizarres ou mythologiques. — Sitôt qu'une *fournée* de nègres arrive dans la colonie, on les baptise; ainsi tous les noirs d'une habitation ont des noms tels que Job, Cham, Japhet, etc., etc. — Ceux d'une autre portent ceux d'Apollon, de Mars, de Vulcain, etc., etc., selon le caprice du maître.

comme le capitaine Brulart, devoir inspirer cet affreux sentiment à son esclave.

Voici le fait :

— C'était quelques vingt jours après l'arrivée des *grands et petits Namaquois* dans la colonie ; M. Wil dînait ce jour-là chez M. Beufry, riche et industrieux planteur.

Quand vint le dessert, l'heure des confidences, les dames s'en allèrent, et chaque femme fut remplacée par une respectable bouteille d'un excellent et vieux madère... c'était le seul moyen de compenser le retraite du beau sexe. La conversation vint à tomber sur les nègres, les habitations, les chances, les pertes, les bénéfices, et M. Wil et M. Beufry occupèrent bientôt l'attention gnérale, car on avait une entière confiance dans leurs lumières et dans leur longue expérience.

Le Borgne.

BEUFRY. « Eh bien ! dites-moi, Wil, êtes-vous content de votre acquisition ? Comment vont les nouveaux... se font-ils un peu?... — WIL. Très-bien... très-bien... ce diable de Brulart a la main heureuse, il les choisit à ravir... je n'ai perdu que cinq... — BEUFRY. Par exemple, que Dieu me damne si je sais comment il y trouve son compte en les donnant à ce prix... — WIL. Ma foi, peu m'importe, c'est la troisième fournée qu'il me procure depuis dix-huit mois, et il ne m'a jamais trompé... c'est-à-dire... si... une fois... oh ! j'ai été joué... c'est un fin maquignon, allez... — BEUFRY ET LES CONVIVES. Contez-nous ça, monsieur Wil, c'est utile... — WIL. Eh bien ! car je n'y mets pas d'amour-propre, il y a trois mois, il m'a fourré, au milieu de son avant-dernière fourniture, un vieux, vieux nègre, auquel il avait teint les cheveux avec du charbon, et qu'il avait sans doute engraissé avec de la farine ou je ne sais quoi. — Enfin... trois jours après son départ, j'envoie faire baigner mes noirs à la mer, et mon vieil animal me revient les cheveux tout blancs ; au bout de cinq jours cette graisse factice tombe, car il était soufflé, et je m'aperçois aux dents, aux plis du front et des yeux, que c'est un homme d'au moins soixante ans, et si faible, si faible, qu'il est depuis ce temps-là incapable de me rendre aucun service ; et pourtant le scélérat mange comme un vautour : aussi c'est un cheval à l'écurie... ça fait le cinquième que je nourris à rien faire... et quand on les a payés des quinze cents, des deux mille francs, ce n'est pas gai... — BEUFRY. C'est un voleur que votre Brulart ; mais moi j'ai un moyen bien commode non-seulement d'éviter la nourriture de mes vieux nègres hors de service, mais encore de rentrer dans mes fonds et au delà... — WIL ET LES CONVIVES. Contez-nous ça... c'est un miracle. — BEUFRY. Du tout, c'est bien simple ; vous savez que le gouvernement donne deux mille francs de tout nègre supplicié pour assassinat ou pour vol, afin que le propriétaire n'essaye pas de soustraire le coupable à la justice, dans la crainte de perdre une valeur... — WIL. Eh bien ! — BEUFRY. Eh bien!... les gueux de noirs, arrivés surtout à un âge très-avancé, ont bien toujours quelques peccadilles sur la conscience, c'est impossible autrement ; ainsi, on est toujours sûr de ne pas se tromper ; on aposte donc deux témoins qui affirment l'avoir vu voler, par exemple. Les preuves ne manquent pas ; on l'envoie à la geôle, et, s'il est trouvé coupable, ce qui arrive ordinairement, on le pend... et, en échange, on vous compte deux mille francs écus... — WIL (avec répugnance). Diable... diable. — BEUFRY. N'allez-vous pas faire la petite bouche? au lieu d'un capital improductif qui vous absorbe encore un intérêt quelconque... vous avez, par mon procédé... un capital productif qui peut vous rapporter sept et huit pour cent... c'est hors de toute proportion... — WIL. Oui, mais c'est un peu dur... de (faisant le geste de pendre). — BEUFRY. Ah ! pardieu, s'il s'agissait d'un homme, je ne vous dirais pas un mot de cela ; mes principes sont connus, je crois avoir prouvé dans ce dernier incendie que j'avais quelque humanité... — WIL. C'est vrai ; non content d'avoir sauvé ce pauvre Colstrop et ses deux enfants, vous l'avez aidé à rebâtir sa cafeyrie de vos propres deniers... mais faire pendre... hum... — BEUFRY. Ah ! mon Dieu, avez-vous la tête dure ! Supposez qu'une loi vous dise : « Chaque mulet atteint de la morve « (par exemple) sera détruit, mais on indemnisera le propriétaire en lui « en comptant la valeur ; » est-ce que si vous pouviez faire passer pour morveux un vieux mulet qui croupit à rien faire dans votre écurie, vous ne le feriez pas? préférant avoir deux cents bonnes gourdes bien sonnantes qui vous en rapporteraient quinze ou vingt, à garder un animal infirme qui vous en dépense la moitié sans vous rendre aucun service? Que diable ! soyez donc conséquent ; pourquoi ne pas faire pour un nègre ce que vous feriez pour un mulet? — PLUSIEURS VOIX. Il a raison,

Le gibet.

c'est clair comme deux et deux font quatre. — WIL. Pardieu, je le sais bien, je n'aime pas plus qu'un autre à avoir de l'argent *en friche* et puisque Beufry s'est servi de cette combinaison... puisque vous autres ne la désapprouvez pas... — PLUSIEURS VOIX. Mais au contraire... nous ferions de même. — WIL. Au fait, je ne vois pas pourquoi je m'amuserais à jeter de l'argent par les fenêtres... Ce qui me retenait, voyez-vous, c'était le respect humain... parce qu'avant tout, on tient à l'opinion de la société, et, quand on est père de famille, quand depuis quarante ans on mène une conduite irréprochable... on n'aime pas à la voir ternir... — BEUFRY. Je ne puis mieux faire que de me citer pour exemple... — PLUSIEURS VOIX. Mais au contraire... — WIL. Je me rends, mon ami, je me rends ; j'étais un fou ; mais dites-moi, le témoignage de deux blancs suffit-il? — BEUFRY. De deux blancs ou de quatre mulâtres... et on vous débarrasse de votre *capital improductif*... après quoi, le greffier vous *rembourse* le pendu en espèces sonnantes. — WIL. Pas plus tard que demain, j'en essaierai... — BEUFRY. Ah! çà, messieurs, c'est assez parler d'affaires; ces dames doivent s'ennuyer; un verre de madère, et allons les rejoindre dans la galerie... Wil, je vous retiens pour ma partie de trictrac. — WIL. C'est donc une revanche que vous voulez... vous l'aurez... à vos ordres... mais nous ne jouerons pas tard, car j'ai ma fille un peu souffrante. » (Ils sortent.)

Cinq jours après cette conversation, le bonhomme Wil comptait, en soupirant un peu, dix piles de quarante gourdes chacune... (Oh! dans ce doux pays les exécutions et les procédures marchent grand train, grâce à la justice coloniale.)

Mais la cabane du vieux Job était déserte...

Seulement deux ou trois petits enfants pleuraient assis à la porte, car le pauvre vieux Job, qui ne pouvait plus travailler, aimait à s'asseoir au soleil et à faire des jouets en bois de palmier pour tous les négrillons de son voisinage... qui sautaient de joie et battaient des mains à son approche... en criant : « Voilà le père Job... hé! bon Job?... »

Aussi ils pleuraient le vieux nègre, dont le cadavre se balançait, accroché au gibet de la savane, et qui ainsi ne coûtait plus rien à son maître.

Le lendemain de l'exécution, il était nuit, mais une nuit des tropiques, une belle nuit claire et transparente, inondée de la molle clarté de la lune.

Les noirs étaient agenouillés au dernier coup de cloche, car M. Wil, sa femme et sa fille leur avaient donné l'exemple, en commençant la prière commune à haute voix.

Et c'était un grand et noble spectacle que de voir le maître et l'esclave égaux devant le Créateur, se courbant ensemble, prier de la même prière sous la voûte azurée du firmament, tout étincelante du feu des étoiles.

Autour d'eux... pas le plus léger bruit... on n'entendait que la voix grave et sonore du colon, et par instants le timbre pur et argentin de celle de Jenny, qui répétait une phrase sainte avec sa mère.

Les palmiers agitaient en silence leurs grandes feuilles vernissées, et les fleurs du caféyer, s'ouvrant à la fraîcheur de la nuit, répandaient une senteur délicieuse.

Après la prière, les nègres allèrent se reposer ou errer dans les savanes, car on leur accordait cette permission. Atar-Gull ne pouvait dormir ni la nuit, lui...

Oh! la nuit il aimait à errer seul, c'était l'unique instant où il pouvait quitter son masque d'humble et basse soumission, son doux et tendre sourire.

Il fallait alors le voir bondir, haletant, crispé, furieux, se rouler en rugissant comme un lion, et mordre la terre avec rage, en pensant aux outrages, aux coups de chaque jour!

En pensant à Brulart, qu'il espérait revoir tôt ou tard; au colon qui l'avait fait battre, et avait pour lui une pitié insultante, un attachement d'homme à bête, de maître à chien! Alors ses yeux étincelaient dans l'ombre, ses dents s'entre-choquaient.

La veille des noces.

Et voyez quelle puissance il avait sur lui-même!... avec ce caractère indomptable et sauvage, cette énergie dévorante; dans le jour, il souriait à chaque coup qu'il recevait, et baisait la main qui le frappait. Il fallait pour arriver à ce résultat incroyable une idée fixe, arrêtée, immuable, à laquelle le nègre fait tous les sacrifices : la vengeance!

Et encore cette vengeance n'était motivée que par la brutalité de Brulart et la rage de se voir esclave; mais à quel degré d'intensité arrivait-elle, mon Dieu! quand il sut ce que vous allez savoir.

Entraîné dans une course rapide, ce malheureux bondissait çà et là comme pour s'échapper à lui-même... En vain l'air pur et embaumé, la douce solitude de la nuit venaient rafraîchir ses sens. Toujours courant, il arriva près d'une savane déserte, que la lune couvrait d'une nappe de pâle lumière.

Au milieu s'élevait un gibet. Après le gibet était accroché un noir, c'était le vieux Job.

Atar-Gull, sortant des allées sombres et obscures qui entouraient cet espace nu et découvert, fut comme ébloui de cette clarté resplendissante qui argentait les longues herbes de la savane et le rideau de tamarin et de mangotiers qui l'ombrageaient.

Mais bientôt il fut saisi d'un inexplicable sentiment de douleur en voyant ce gibet noir et ce corps noir, qui se dressaient et se découpaient si sombres sur les feuilles brillantes et nacrées de la forêt.

Il s'approcha plus près... plus près encore... Ses jambes fléchirent... il tomba... la face contre terre...

Après être resté quelques minutes dans cette position, il se releva, et, s'élançant comme un tigre, sauta d'un bond sur la fourche du gibet.

Arrivé là, il poussa un cri... un cri dont vous comprendrez l'expression quand vous saurez que le malheureux venait de reconnaître... son père... son père vendu comme lui, victime de la traite, et volé peut-être par Brulart à quelque autre Benoît.

Atar-Gull ne conserva plus aucun doute quand il eut vu une espèce de talisman ou de fétiche que le vieillard portait au cou...

Couper la corde qui attachait le cadavre à la potence, le prendre sur ses épaules et fuir dans les bois avec ce précieux fardeau, ce fut l'affaire d'un moment pour Atar-Gull.

Il est de ces douleurs qui ont besoin d'ombre et de profonde solitude.

Le lendemain, au premier coup de cloche Atar-Gull était déjà rendu à l'atelier, toujours avec sa bonne figure ouverte et franche, son éternel sourire qui laissait voir ses dents blanches et aiguës...

Et voilà pourquoi M. Wil partageait avec Brulart le privilège d'occuper incessamment l'imagination d'Atar-Gull, d'autant plus qu'il croyait que Cham, auquel Atar-Gull avait fait sa confidence, que Cham, auquel cinq ans de séjour dans la colonie et dans l'intérieur du colon avaient donné quelque habitude et quelque connaissance des spéculations des planteurs, mit charitablement Atar-Gull au fait des causes et résultats de la mort de son père... Quant au cadavre du vieux Job, on ne le trouva plus, et on pensa sur l'habitation que les empoisonneurs s'en étaient emparés pour quelques-unes de leurs opérations magiques.

On conçoit maintenant, je crois, la haine du noir pour cet estimable colon, et quelle dut être sa joie lorsqu'il put soupçonner que son service presque intime le mettrait à même de se venger; aussi, pendant cinq mois qui servirent d'essai, d'épreuves, il étonna tellement M. Wil par son zèle, par son dévouement, son activité, que le colon le proclama le modèle des bons serviteurs, l'éleva à la dignité de valet de chambre et mit en lui sa plus entière confiance. Cet engouement est d'ailleurs un des traits caractéristiques des colons.

Ainsi Atar-Gull fut chargé de surveiller les préparatifs de la fête qui devait précéder les fiançailles de la jolie Jenny et de Théodrick.

LIVRE CINQUIÈME.

CHAPITRE PREMIER.

FÊTE.

> Les étreintes caressantes, le frémissement de
> leurs mains enlacées, l'expression si éloquente de
> leurs regards, qui disaient tout, et ne disaient
> jamais trop; ce langage, semblable à celui des
> oiseaux, connu des amants, ou du moins n'ayant
> un sens que pour eux, ces phrases qui font sou-
> rire, et qui sembleraient absurdes à ceux qui ont
> cessé de les entendre ou qui ne les ont jamais en-
> tendues. — Tels étaient leurs plaisirs. — Car c'é-
> taient encore deux enfants.
>
> BYRON. — Don Juan, ch. IV, st. XIV.
>
> Cette âme tomba dans une nuit profonde, la mé-
> lancolie du misérable devint incurable et complète.
>
> VICTOR HUGO. — Notre-Dame de Paris.

Heureux Théodrick!... heureuse Jenny, voici donc enfin ce jour de fiançailles si impatiemment désiré..... ne baisse pas tes beaux yeux..... Jenny... laisse-y briller tout le bonheur que tu éprouves, cette expression rayonnante te rend si heureux, ton amant... qui, retiré dans un coin obscur des immenses salons du bonhomme Wil, ne te quitte pas du regard.

Si tu savais combien son cœur se dilate, s'épanouit, en voyant les hommages qui t'environnent et l'influence que ta beauté, que ta douceur exercent sur cette foule toujours envieuse ou injuste!

Il se dit, mon avenir est à jamais fixé! c'est une longue suite de jours riants et paisibles. « Elle et moi, » ma vie se résume dans ces deux mots; vrai, je suis trop heureux.

Et ses yeux se mouillaient de larmes en la contemplant avec amour et reconnaissance.

Or, cette impression douce et pleine de charmes fut comme sympathique... car au même instant Jenny fixa sur lui ses grands yeux humides aussi... Mais un troisième regard, se bifurquant, pour ainsi dire, se partageait entre les deux fiancés. C'était celui d'Atar-Gull.

Placé dans l'embrasure d'une fenêtre, tout en activant le service des nègres, sa bouche conservait toujours ce sourire stéréotypé que vous connaissez... et il regardait Théodrick et Jenny d'un air joyeux.

« Oh! — pensait-il en lui-même, — que les voilà satisfaits, riches, beaux et jeunes... et leur père... lui aussi est heureux de leur bonheur... un père! — un père... c'est pour ce blanc un ami tendre, un homme qui lui donne de l'or et une belle jeune fille... une riche habitation et beaucoup d'esclaves.

« Pour moi!... un père, c'est un cadavre, pendu à un gibet!...

« Pour eux, la vie, ce sont des instants qui fuient rapides... car ils comptent le temps, non par heure, mais par plaisirs...

« Pour moi, la vie, c'est l'esclavage, le travail et les coups...

« Oh! mais aussi j'ai un bonheur, moi : c'est de tenir ces brillantes et joyeuses destinées dans une main d'esclave, au bout de mon couteau; c'est de pouvoir me dire : à l'instant, si je veux, je fais un cercueil de ce lit nuptial, une orpheline de cette fille, un veuf de ce jeune homme, des larmes de ces rires...

« Mon bonheur, c'est de me dire : et ce sera un jour, un jour! par moi, moi seul! cette famille sera exterminée! et pourtant le dernier me serrera encore la main, en me disant : brave et digne serviteur, je te bénis. »

Et il continuait son bon et touchant regard, de telle façon que Théodrick et Jenny, le rencontrant fixé sur eux, se dirent d'un coup d'œil : brave Atar-Gull! voilà un esclave sûr et dévoué...

« Allons donc, allons donc, paresseux, — dit le bonhomme Wil en prenant doucement le nègre par l'oreille, — le service languit par-là... on voit bien que tu n'y es pas. »

Atar-Gull, saluant, disparut vite, et obéit avec une admirable activité...

Tous les colons de la Jamaïque semblaient s'être donné rendez-vous dans la maison vaste et commode du père de Jenny, et c'est à peine si la belle habitation pouvait contenir cette foule de visiteurs...

Au milieu de la grande galerie boisée de cèdre et d'acap, éclairée par mille bougies odorantes, des nègres richement habillés offraient tour à tour les ananas et les pastèques sortant des glacières, les longues bananes si douces au goût, l'avocat ou beurre végétal qui renferme une crème parfumée et le poison le plus subtil, la goiavre, le gingembre, la pomme rose et une foule de fruits cristallisés dans un sucre brillant et candi qui étincelaient comme des diamants, et puis deux maîtres d'hôtel mulâtres faisaient circuler de larges jattes de punch au rhum et au tafia, que l'on servait avec de petites tranches de choux-palmistes saupoudrées de sucre et de vanille; vrai, c'était alors un élysée que le salon du bonhomme Wil.

Là se pressaient, se heurtaient de fringantes créoles aux yeux noirs et brillants, rieuses, souples et légères comme les filles de Grenade; à leur gai sourire, au piquant abandon de leur toilette, on reconnaissait les brunes Jamaïquaises.

Les unes, couchées dans des hamacs de mille couleurs, se laissaient mollement balancer, et, rapides, effleurant le sol de leurs jolis pieds agitaient en riant les plumes bigarrées de leurs éventails.

Les autres, réunies ensemble, se faisaient de ces naïves et joyeuses confidences de femmes : c'étaient de petits éclats de rire doux et frais, un peu comprimés par la présence de graves parents.

Et puis, si un indiscret et hardi jeune homme s'approchait de ce ravissant groupe de figures malignes et vives, de blanches épaules, de cheveux parfumés de gazes, de rubans et de fleurs... tout cela se divisait, disparaissait, fuyait comme une volée de tourterelles à l'approche d'un milan.

Et le bonhomme Wil et sa femme allaient et venaient, recevant les félicitations de chacun avec franchise et cordialité... ivres qu'ils étaient du bonheur de leur enfant.

« Votre fête est charmante, mon cher Wil, — lui dit le colon Beufry (l'homme qui faisait pendre ses nègres pour 1,500 fr.); mais permettez-moi de vous présenter M. Pleyston, lieutenant en pied de la frégate le Cambrian, qui vient de mouiller dans notre rade; M. Peel, médecin du même navire, et M. Delly, commissaire du bord. — Messieurs, soyez les bienvenus, votre présence ne peut que m'être infiniment agréable, et surtout dans un jour comme celui-ci. »

C'était une partie de l'état-major de la frégate que Brulart avait tenté de faire sauter au moyen de la pauvre Catherine, qu'il avait installée en brûlot, comme on sait.

Après quelques civilités, le colon s'adressant au commissaire dont la petite voix et l'air féminin lui inspiraient plus de confiance...

« Pardon, monsieur, de l'indiscrétion; mais mon correspondant de Portsmouth m'avait annoncé qu'un des officiers les plus distingués de notre marine, sir Edwards Burnett, commandait le Cambrian, et j'aurais même quelques commissions pour lui... ne le verrons-nous donc pas aujourd'hui? — Hélas! monsieur, — dit le petit jeune homme en pâlissant, — je vous en supplie... par pitié... parlons d'autres choses... tenez... voyez comme je suis agité... seulement que de penser à cet horrible événement. »

Et, au fait, le pauvre commissaire tremblait de tous ses membres.

« Mon Dieu, je suis désolé, monsieur, — reprit l'honnête colon, — d'avoir, sans y songer, éveillé sans doute de pénibles souvenirs... Est-ce qu'un malheur serait arrivé à... — Grâce, monsieur... ne m'en parlez pas... dit le jeune homme qui se perdit au milieu de la foule. —Diable, se dit Wil, cela m'inquiète... voyons, il faut en interroger un autre qui soit moins nerveux, — et justement il avisa la figure pleine et vermeille du docteur Peel, qui causait avec Beufry, tenant d'une main un verre de punch, et de l'autre une tranche de chou-palmiste. — Ah! monsieur, — répondit l'Esculape, après avoir entendu la question du colon, — ah! monsieur, — et il vida son verre avec un long et bruyant soupir, essuya sa bouche, et prit Wil par le bras... — c'est une bien affreuse histoire : écoutez-la donc, vous frémirez...

« Sachez que nous rencontrâmes, à cinq ou à environ cinq mois, à cinquante lieues de la Jamaïque, un matelot attaché sur deux cadavres de négresses, et abandonné en pleine mer sur une cage à poules... — C'est affreux, dit Wil. — Ne m'interrompez pas, s'il vous plaît. Nous recueillîmes ce misérable, et il nous apprend qu'un infâme pirate, à bord duquel il était d'ailleurs engagé, que l'infâme pirate, dis-je, pour le punir d'une légère infraction à ses ordres, l'a fait jeter à la mer, ainsi que vous savez, et que le turban à la clef sur la Jamaïque... notre pauvre commandant, un digne et brave jeune homme, fait tenir la même route... Or, la nuit même, sur les quatre heures... on signale deux voiles à bâbord... et bientôt on les reconnaît pour le brick et la goëlette montés par cet infâme scélérat et par un de ses acolytes...

« Nous faisons force de voiles, et au point du jour nous n'étions plus qu'à deux portées de canon.

« Alors... que voyons-nous? la goëlette mâtée d'une inconcevable hauteur, filer vent arrière... mais d'une vitesse... d'une vitesse dont on n'a pas d'idée... laissant le brick en panne. Il n'y avait pas à balancer, il fallait choisir entre l'une ou l'autre, comme vous pensez...

« Le commandant fit donc tenir le travers, afin de mettre garnison à bord du brick pour pouvoir continuer de donner la chasse à la goëlette.

« Nous nous approchons à portée de fusil, et l'on envoie quarante hommes bien armés dans la chaloupe, sous la conduite d'un lieutenant, pour s'emparer du brick, qui ne bougeait pas plus qu'un poisson mort...

« Mon Dieu, je les vois comme si j'y étais : ils accostent et montent tous sur le pont de l'infernal bâtiment, quatre hommes seulement restent dans la chaloupe... Le lieutenant, arrivé sur les passe-avant, divisa son monde en deux escouades, et, entendant des cris dans le faux-pont, ordonna à la première d'y descendre par le petit panneau. On essaye en vain, il était verrouillé en dedans.

« Un jeune aspirant s'écria : — Lieutenant, le grand panneau est à moitié ouvert ! — Eh bien ! ouvre-le tout à fait... » dit l'officier : le panneau fermé se baisse, attire la lourde planche.— Ah ! monsieur !... — dit le docteur en pâlissant. — Eh bien !... eh bien !... — fit l'honnête Wil. — Eh bien ! monsieur, une effroyable détonation se fait entendre, nous sommes à l'instant couverts de débris, de flammes et de feu ; le pont de la frégate est jonché de cadavres, d'éclats de mâts et de vergues ; notre beaupré et notre guibre sont fracassés, et notre brave et jeune commandant écrasé sous une énorme poutre lancée en l'air par l'explosion du brick. — Dieu du ciel !... c'était donc un brûlot. — Hélas ! oui, que cet infâme négrier avait laissé là, espérant qu'à l'aide de cette horrible, infernale invention, il aurait le temps de disparaître. Le monstre ne se trompait pas : nous eûmes cinquante blessés, trente-cinq morts, sans compter notre jeune commandant... un officier d'une si haute et brillante espérance...

« Enfin, le misérable pirate nous échappa, comme bien vous pouvez penser ; nous fûmes relâcher à Porto-Rico, dont nous étions heureusement près, pour nous radouber, et nous venons ici faire de l'eau et repartir pour l'Angleterre.

« Voilà, monsieur, tout ce que je puis vous apprendre sur notre brave et malheureux sir Edwards... — dit le docteur en essuyant une larme et en demandant un verre de punch.

« D'après tout ce que je vois, — se dit le colon, — ce gredin-là n'était autre que Brulart ; c'est un de ses tours... Mais aussi pourquoi s'avisent-ils d'empêcher la traite ?... c'est le bon Dieu qui les punit... »

Peu à peu les invités de M. Wil se séparèrent, et, avant minuit, il restait seul avec sa femme, Théodrick et Jenny... Suivant son antique et respectable coutume, il baisa sa fille au front et la bénit après la prière du soir, qu'ils firent ensemble. Bientôt toute cette honnête famille dormait profondément, bercée par l'espérance du lendemain, car le lendemain était la veille du jour de noces, du beau jour de noces de Théodrick et de Jenny.

« Atar-Gull, — avait dit le bon Wil avant de s'endormir, — comme tu t'es surpassé aujourd'hui, voici pour toi... »

Et il lui donna une fort belle chaîne de montre...

Le nègre se jeta aux pieds de son maître, qu'il baisa en sanglotant.

« Allons, va, — reprit le colon, — va dormir, mon garçon, car tu dois avoir besoin de repos... »

Atar-Gull se retira... Et, sortant de l'habitation avec mystère, il se dirigea vers le bois du Morne-aux-Loups ; car c'est là que les *empoisonneurs* tenaient leurs séances cette nuit même. Il arriva bientôt au pied du ravin et des rochers qui servent de base à cette montagne.

CHAPITRE II.

LES EMPOISONNEURS (1).

C'est là que sont les angoisses toujours nouvelles
qui se multiplient jusqu'à ce que leur nombre même
endurcisse l'homme qui voit l'agonie sous tant de
formes diverses. — Ici, l'un gémit : là, un autre se
roule dans la poussière, et un troisième tourne
dans leur orbite ses yeux d'une terne blancheur.

Byron. — Don Juan, ch. VIII, liv. xiii.

Oh ! dans ce monde auguste où rien n'est éphémère,
Dans ces flots de bonheur que ne trouble aucun fiel,
Enfant, loin du sourire et des pleurs de ta mère,
N'es-tu pas orphelin au ciel ?

Victor Hugo. — Ode xvi.

Il était nuit, on n'entendait que le bruissement des longues flèches des

palmiers balancés par la brise du soir, les cris aigus des anolis ou le chant plaintif des ramiers et des jerrys.

Atar-Gull gravissait péniblement les rochers à pic qui forment la base de la Soufrière, montagne située vers le nord-ouest de la Jamaïque.

Tantôt il s'accrochait aux lianes qui flottaient sur les masses de granit rouge ; tantôt, à l'aide d'un bâton ferré dont il se servait avec une adresse singulière, il s'élançait d'un quartier de roche à un autre, et vous auriez pâli de le voir suspendu au-dessus de ces précipices sans fond.

Une fois, épuisé de fatigue, glissant sur la pente rapide d'un ravin, cherchant un point d'appui et croyant voir se balancer près de lui un de ces beaux cactus aux fleurs rouges et bleues, il le saisit haletant... mais tout à coup il rejette avec horreur ce corps froid et visqueux... c'était un long serpent qui se jouait au clair de lune.

Atar-Gull roule alors et bondit sur la roche, mais dans sa chute il rencontre une large touffe de raquettes fortes et épaisses, s'y cramponne, aperçoit un sentier à dix pieds au-dessous de lui, se laisse glisser, tombe, et reconnaît un chemin qui devait le mener plus directement au sommet de la montagne. Enfin, après des efforts inouïs, Atar-Gull, meurtri, sanglant, arriva.

Elle était, dans cet endroit, couverte de palmiers, d'aloès, de bananiers qui n'avaient pas encore été mutilés par le fer, et dont la végétation forte et vigoureuse était si serrée que le nègre n'aurait jamais pu pénétrer à travers ces milliers de plantes qui se croisaient et s'étreignaient en tous sens, s'il n'avait eu l'aide de son bon couteau, qui lui fraya bientôt un passage au milieu de cet épais fourré.

Et comme il commençait à apercevoir au loin une lueur rougeâtre qui éclairait les haliers, il se prit à sourire d'une étrange façon, s'arrêta, remit son couteau à sa ceinture, et prêta l'oreille...

On n'entendait que le cri des anolis ou le chant plaintif des ramiers...

Atar-Gull se trouvait dans une espèce de chemin frayé : il le suivit assez longtemps, écoutant toujours avec attention. Il distingua bientôt un chant bizarre et solennel, mais faible et éloigné... Il doubla le pas.

Le chant devint plus distinct... Atar-Gull avançait toujours avec rapidité. Tout à coup on cessa de chanter, il se fit un moment de silence... Puis on entendit comme des cris d'enfant, d'abord horriblement aigus, ensuite mourants et convulsifs.

Et le chant bizarre et solennel devenait de plus en plus éclatant, et Atar-Gull courait toujours vers la lueur rougeâtre qui teignait de pourpre une partie des arbres gigantesques de la forêt, tandis que les autres se dessinaient noirs sur ce fond enflammé.

Le nègre arriva enfin, se fit reconnaître à un signe mystérieux qui consistait à se mordre les deux index, tandis que le petit doigt de chaque main revenait se poser sur le coin de l'œil.

Il s'assit à sa place, attendit son tour, et regarda.

Au milieu d'une vaste clairière étaient rassemblés une assez grande quantité de nègres, tous accroupis, les bras croisés, les yeux ardemment fixés sur trois noirs qui entouraient une cuve d'airain posée sur un brasier ardent. Auprès, posée au bout d'un long roseau, était une tête fraîche et saignante. C'était la tête du fils de Cham, le nègre qu'Atar-Gull avait remplacé dans les bonnes grâces du colon, depuis que la perte de son enfant lui avait fait si cruellement oublier ses devoirs. Le reste du jeune négrillon bouillait dans la chaudière.

Car, outre deux pintades blanches, cinq têtes de serpents mâles, trois verts palmistes, un ramier noir, un bon nombre de plantes vénéneuses, pour que le philtre fût complet, il avait bien fallu se procurer le corps d'un enfant de cinq ans, ni plus ni moins, cinq ans juste...

Aussi les empoisonneurs s'étaient-ils emparés du pauvre petit un jour qu'égaré, au coucher du soleil, il poursuivait de belles perruches bleues sur les bords déserts du lac Salé.

Les trois noirs, ayant fini leur opération, retirèrent la cuve du feu et se placèrent sur les blocs de rochers... Atar-Gull s'avança...

« Que veux-tu, mon fils ? — dit un des trois nègres, dont le front était presque caché sous des cheveux blancs et crépus. — Mort et ruine sur l'habitation de l'anse Nelson ; mort sur les bestiaux, ruine sur les récoltes et les bâtiments. — Mais on dit que le colon Wil est humain pour ses noirs... Songe, mon fils, que les empoisonneurs sont justes dans leurs vengeances. — Aussi, mon père, — dit Atar-Gull, qui avait prévu l'espèce d'intégrité sauvage qui a de tout temps présidé à ces terribles associations du faible contre le fort, depuis les chrétiens jusqu'aux carbonari — aussi, mon père, je ne demande pas mort sur ses habitants. Le maître est bon, nos cases sont saines et propres, les fruits de nos jardins sont à nous, et jamais on ne sépare nos femmes de leurs enfants avant qu'ils aient atteint leur douzième année. La morue sèche et le manioc se distribuent abondamment, et tous les dimanches il fait beau de nous voir sauter et bondir sur le bord de la mer, ou plonger au fond de l'eau pour

marrons, s'assemblait à époques fixes dans des retraites inaccessibles, connues seulement des esclaves de l'île.

Là, chaque noir apportait son sujet de plainte, déduisait ses motifs de vengeance, et, après avoir prêté le serment nécessaire, on lui donnait le poison dont il pouvait avoir besoin pour détruire les bestiaux ou les blancs.

Les derniers empoisonneurs furent suppliciés à la Guadeloupe en 1823. Les détails qu'on va lire, tels affreux qu'ils soient, sont en partie extraits des procès-verbaux, révélations ou actes d'accusation déposés au greffe de Saint-Pierre (Martinique).

_____

(1) Il existait encore en 1822, dans toutes les Antilles françaises et anglaises, la secte des empoisonneurs : cette espèce de tribunal secret, composé de nègres

rapporter les gourdes que le maître abandonne au plus adroit nageur.

— Quant aux fouets du commandeur, — dit Atar-Gull avec son sourire, nos enfants s'en servent pour retourner les tortues sur la grève, et vingt d'entre nous ont refusé l'affranchissement pour rester avec un aussi bon maître. — Que veux-tu donc alors? — dit le vieux nègre avec impatience. — M'y voici, mon digne père : le planteur Wil est riche : maintenant il veut, dit-on, retourner en Europe, alors l'habitation sera peut-être achetée par un mauvais blanc, qui ferait remettre des lanières neuves au fouet du bourreau : aussi les noirs de l'anse. Nelson m'envoient vers toi pour demander de frapper notre bon maître dans ses récoltes et ses bestiaux , afin de le ruiner assez, ce bon maître, pour qu'il ne puisse quitter l'île et que nous le conservions encore longtemps, ce maître chéri. »

Il y avait dans tout ceci une conséquence logique, Atar-Gull jouait prudemment son rôle; car, même au milieu des ennemis les plus acharnés des blancs , il pouvait se glisser un espion, un traître. En appelant de cette façon la terrible et sûre vengeance des empoisonneurs sur son maître, Atar-Gull se réservait encore un moyen de défense auprès du colon; il pouvait trouver une excuse dans son attachement sauvage et égoïste, il est vrai, mais qui, après tout, prouvait sa violence même par l'étrangeté des moyens qu'il employait; c'est encore pour cela qu'il ne pouvait y voir un ressentiment personnel.

Alors le vieux nègre poussa un cri singulier que ses deux compagnons répétèrent avec recueillement, il s'écria :

« Comme rien n'est aussi rare qu'un bon blanc, qu'un bon maître , et que nos frères sont exposés, par le départ du colon Wil, à voir remplacer cet homme humain par un homme cruel, nous consentons à envoyer la ruine et la mort sur ses habitations et ses bestiaux, pour l'empêcher de quitter la colonie; les bons sont trop rares, on doit à tout prix les garder. »

Puis il fit agenouiller Atar-Gull, et lui dit : « Jures-tu par la lune qui nous éclaire , par le sein de ta mère et les yeux de ton père, de garder le silence sur ce que tu as vu ? — Je le jure... — Sais-tu qu'à la moindre révélation , tu tomberas sous le couteau des fils du Morne-aux-Loups? — Je le sais. — T'engages-tu par serment à servir la haine de tes frères, même sur ta femme et tes enfants, s'il fallait en arriver là, pour se venger plus sûrement d'un colon injuste et cruel ? — Je le jure. — Va donc, et que justice soit faite. »

Alors un des deux nègres qui étaient auprès du vieillard alla chercher plusieurs paquets de plantes vénéneuses d'un effet sûr et rapide. Le nègre les trempa dans la chaudière, les retira aussitôt, et les remit à Atar-Gull en lui expliquant leurs propriétés. Puis, trempant un roseau dans la chaudière, il le stigmatisa aux yeux, au front et à la poitrine, en lui disant :

« Grâce à ce charme, l'effet de ces poisons est sûr. Adieu, fils... Justice et force... Nous t'aiderons, et le bon maître sera ruiné. »

« Justice et force, — dirent les nègres en chœur. »

Alors le brasier ne jetait plus qu'une lueur pâle et incertaine. Les nègres se séparèrent en se donnant rendez-vous à dix-sept jours de là, et Atar-Gull regagna l'habitation du bonhomme Wil..

« Enfin la vengeance approche, — disait le noir en rugissant comme un chacal, — je te frappe d'abord dans ta richesse; car il faut que tu restes ici, ici, que je voie tomber tes larmes une à une, que la misère t'atteigne devant moi, que tes noirs meurent, que tes bestiaux meurent, que tes bâtiments s'écroulent incendiés, et que tu arrives enfin à ce point de malheur de n'avoir plus que moi, moi seul, pour brave et dévoué serviteur, et alors... » Ici Atar-Gull poussa une horrible cri de joie infernale...

Et le soleil s'annonçait déjà par une éclatante lueur, lorsque le nègre arriva près de la maison du colon.

CHAPITRE III.

LA VEILLE DES NOCES.

J'oubliai de cacher le trouble de mon âme;
Il le vit, et ses yeux, pleins d'une douce flamme,
Pour m'en récompenser m'excitaient tendrement,
Et mon cœur se perdait dans cet enchantement.
Toi-même en souriant contemplais mon supplice
D'un regard à la fois maternel et complice.
              DELPHINE GAY. — Essais poétiques.

Seulement de temps à autre il levait le rideau rouge pour s'assurer si quelqu'un ne venait pas voler ses morts.
              JULES JANIN. — L'Ane mort.

Quand Atar-Gull atteignit la dernière rampe de la montagne, le soleil était déjà levé, et les rochers de la Soufrière projetaient au loin leurs grandes ombres. Comme il allait entrer dans une espèce de bassin formé par plusieurs énormes blocs de granit qui entouraient une petite pelouse verte traversée par un filet d'eau, dont le courant se perdait sous de

hautes herbes, il entendit le sifflement aigu d'un serpent, et s'arrêta. Un bruit sourd et précipité lui fit aussi lever la tête, et il vit un *secretaris*(1) qui, décrivant dans son vol de larges cercles autour du reptile, s'en approchait ainsi peu à peu...

Le serpent sentit l'inégalité de ses forces, et employa, pour fuir et regagner son trou qui était proche, cette prudence adroite, cette agilité calme qu'on lui connaît. Mais l'oiseau, devinant son intention, s'abattit tout à coup, d'un saut se jeta au-devant de sa retraite, et l'arrêta court en lui présentant une de ses grandes ailes terminées par une protubérance osseuse dont il se servait à la fois comme d'une massue et d'un bouclier. Alors le serpent se dressa furieux, les couleurs vives et bigarrées de sa peau étincelèrent au soleil comme des anneaux d'or et d'azur... sa tête se gonfla de rage et de venin, ses yeux rougirent, et il ouvrit une gueule menaçante en poussant d'affreux sifflements...

Le secretaris étendit une de ses ailes, et s'avança de côté contre son ennemi qui le guignait de l'œil, et faisait osciller son corps à droite ou à gauche, suivant ainsi les mouvements et les attaques de l'oiseau. A un saut que fit ce dernier... le serpent s'abaissa tout à coup, et tenta de le mordre et de l'envelopper... Mais le secretaris, livrant le bout osseux de ses ailes aux dents aiguës du reptile, le saisit dans ses serres, et d'un effroyable coup de bec lui ouvrit le crâne.

Le serpent agita violemment sa queue... en battit la terre... se roula... se tordit... finit par rester sans mouvement... et mourut.

Alors l'oiseau, revenant à la charge, lui déchiquetait la tête avec fureur, lorsqu'un coup de feu l'abattit...

Atar-Gull tressaillit, se retourna, et vit au-dessus de lui, sur une roche, Théodrick, son fusil à la main...

« Eh bien! Atar-Gull, — dit le jeune homme se laissant glisser du sommet du rocher, — voilà de l'adresse, qu'en dis-tu? — Bien tué, bien tué, maître; mais c'est dommage, car les secretaris nous débarrassent de ces mauvais serpents... tenez, voyez plutôt celui-ci... »

Et le noir montrait le reptile mort, qu'il tenait par la queue, et qui pouvait avoir sept à huit pieds de long et quatre pouces de diamètre...

« Diable!... j'en suis fâché... car nous sommes infectés de ces animaux, et je donnerais bien mille gourdes pour qu'il n'y en eût pas un dans toute l'île.... — Vous avez raison, maître... car les bestiaux sont souvent mortellement piqués... — Oui, Atar-Gull, d'abord, et puis c'est que ma Jenny a encore une effroyable peur de ces animaux, moins pourtant qu'autrefois; car alors le nom seul la faisait pâlir comme une morte, la pauvre enfant... Son père, sa mère, moi, nous avons tout tenté pour faire passer cette frayeur... nous avons cent fois mis des serpents empaillés, morts, sur son passage... aussi maintenant elle commence à les moins redouter... — C'est le seul moyen, maître, — dit Atar-Gull; — dans nos Kraals, c'est ainsi que nous habituons nos enfants et nos femmes à ne rien craindre; mais j'y pense... en voici un... si vous l'employiez, maître, — dit Atar-Gull, dont les yeux prirent une singulière expression qui disparut aussi vite que la pensée... — mais il faut couper la tête, quoiqu'il soit mort... On ne saurait prendre trop de précautions. — Brave homme! » dit Théodrick...

Et, aidant le noir à séparer la tête du corps, afin que son innocente plaisanterie fût sans aucun danger, la tête tomba.

« Bien, — dit Atar-Gull en lui-même, — c'est une femelle... — Allons, — dit Théodrick, — dépêchons-nous d'arriver à l'habitation, afin qu'on ne nous voie pas... porte le serpent, Atar-Gull, et suis-moi... »

L'habitation était tout proche; Théodrick marchait le premier, le noir, tenant le serpent par la queue, le traînait sur la savane, qui s'affaissait et formait un léger sillon ensanglanté sous le poids du cadavre de ce reptile.

Ils arrivèrent.

La maison du bonhomme Wil, comme toutes les demeures des colons, n'avait qu'un rez-de-chaussée et un premier étage. Au rez-de-chaussée étaient les chambres de M. et de madame Wil et de Jenny. Une double persienne et une jalousie les défendaient de la chaleur dévorante du ciel des tropiques.

Théodrick... s'approcha sur la pointe du pied, car il trouva la persienne à demi ouverte... Jenny n'était pas dans sa chambre, elle priait sans doute avec sa mère... Alors Théodrick, écartant le store, enjamba la plinthe de la fenêtre, prit le serpent des mains d'Atar-Gull, qui, par une dernière mesure de précaution, voulut écraser encore le cou du reptile sur les dalles qui servaient d'appui au chambranle.

Puis Théodrick cacha le serpent, dont les vives couleurs étaient déjà ternies par la mort, sous une petite table, remit la jalousie, la persienne et le store en place, puis se retira. Comme il se retournait vers Atar-Gull, qui suivait tous ses mouvements avec une singulière attention... on lui saisit violemment le bras...

« Ah! je vous y prends, monsieur le séducteur, — dit une bonne grosse voix avec un bruyant éclat de rire ; c'était le colon... — Plus bas, monsieur Wil, plus bas, — dit Théodrick, — Jenny peut nous entendre... — Eh bien... monsieur l'amoureux? — Eh bien, il ne le faut pas, je viens de faire ce que nous avons fait vingt fois... pour la guérir de sa malheureuse frayeur... — Vrai... un serpent, oh ! la bonne farce! eh! nous allons rire... mais il n'y a rien à craindre au moins... — La tête

(1) Espèce d'aigle marin.

coupée et écrasée en deux endroits... monsieur Wil... — Je suis tranquille, mon garçon... viens, nous allons nous cacher derrière la porte de la chambre, la bien tenir, et nous entendrons ses cris de Mélusine, » dit le bonhomme en tâchant de marcher légèrement... pour gagner sans bruit la galerie sur laquelle donnait une des portes de l'appartement de Jenny.

L'autre porte donnait chez sa mère...

Et suspendant leur respiration, serrant le bouton de la serrure, échangeant de joyeux regards, ils attendirent... Atar-Gull sourit plus que d'habitude en se rendant à son service.

C'était un ravissant réduit que la petite chambre de Jenny ! On voyait bien que la tendresse maternelle avait passé par là. — L'amour, l'idolâtrie que cette belle et douce fille inspirait à son père et à sa mère étaient signés partout, dans les moindres détails, dans les plus minutieux arrangements de cet asile élégant et complet d'un véritable enfant gâté, comme on dit.

Suivant l'usage, aucune tapisserie ne cachait les murailles nues, mais l'enduit qui les couvrait était d'un stuc si pur, si poli, si luisant, qu'on l'eût dit du plus beau marbre de Paros...

Dans le fond se dressait un petit lit de bois de citronnier, blanc, virginal, entouré d'une gaze transparente, soutenu par quatre colonnettes de cuivre ciselé.

Et puis, tout autour de l'appartement, on avait disposé des caisses d'acajou, assez profondes, supportées sur deux pieds de bronze et remplies d'une foule de ces beaux camélias sans odeur que l'on peut conserver près de soi pendant la nuit...

Enfin, de jolies chaises, tissées d'une précieuse écorce d'arbres, reposaient sur une natte faite des joncs les plus fins et les plus variés dans leurs couleurs vives et brillantes qui l'émaillaient comme un parterre. Le jour n'arrivait que faible et douteux au travers des jalousies, des persiennes et des stores de soie... seulement la fenêtre était entr'ouverte à cause de la chaleur. Il régnait dans cette jolie pièce je ne sais quelle suave et douce senteur, quel parfum de jeune fille, quel aspect candide, qui réjouissaient l'âme.

Ce petit lit si frais, si blanc, ces murs polis et ces fleurs étincelantes, cette douce obscurité, cette harpe silencieuse, ces vêtements de fête jetés çà et là, ce petit miroir et cette croix sainte, ces rubans et ce rameau bénit, ces simples bijoux, en un mot tous ces riens qui sont si précieux pour une jeune fille, tout cela disait une vie de bonheur, d'innocence et d'amour... La porte s'ouvrit, et Jenny entra.

Sa mère, qui l'accompagnait, avait tendrement lié son bras à la souple et gracieuse taille de sa fille, qui, tout en marchant, appuyait sa tête sur le sein maternel...

« Allons, recouche-toi, dit madame Wil, nous avons prié ; il est encore de bonne heure, et tes yeux sont un peu battus... je suis sûre que tu as mal dormi... »

Et elle fit asseoir sa fille sur le lit, et se mit près d'elle...

« C'est vrai, maman, j'ai peu dormi... car le bonheur, vois-tu... empêche de dormir... je l'aime tant... il est si bon pour toi, pour mon père... mon Théodrick... dit la jeune fille d'une voix argentine et pure, en baisant les cheveux gris de sa mère qu'elle mêlait en souriant aux grosses boucles de sa belle chevelure blonde. — Finis donc, Jenny, tu me décoiffes toute... — Tiens, je voudrais avoir tes cheveux et que tu eusses les miens... — Oh ! la folle ; je vais la battre... — disait la bonne mère en tapant légèrement les jolies épaules blanches de Jenny à moitié découvertes. — Mais oui, maman, car alors tu serais jeune... moi, je serais vieille... et ainsi je mourrais avant toi... »

Et ses deux bras caressants attiraient sa mère, qui détournait la tête pour que sa fille ne vit pas les larmes de tendresse qui roulaient dans ses yeux...

« Ah ! maman... tu pleures... mon Dieu, t'aurais-je fait de la peine?... »

Et Jenny, les yeux suppliants, les mains tendues, regardait sa mère avec anxiété.

« Chère, chère enfant adorée... » murmura madame Wil en couvrant sa fille de ces baisers maternels qu'on payerait par des années de souffrance... quand il n'est plus de mère !...

Cette expansion un peu calmée, madame Wil se retira en ordonnant à sa fille de dormir encore un peu...

« Je dors, maman, » répondit-elle en s'étendant sur son lit et en fermant tout à coup ses beaux yeux ; mais un malin sourire qui errait sur sa bouche dévoilait son vilain mensonge.

La porte de la chambre de sa mère se referma...

Alors Jenny ouvrit un œil attentif, puis l'autre, dressa sa jolie tête... son corps... écouta... les yeux grands, grands ouverts, comme une jeune biche aux aguets, et, n'entendant rien, fut d'un bond auprès d'un petit meuble surmonté d'une glace. — Puis elle prit dans ce meuble des rubans, des fleurs, de la gaze... et, chantant à demi-voix la chanson que Théodrick aimait tant, elle essayait la coiffure qui plaisait aussi à Théodrick.

« Voyons, disait-elle, il faut qu'aujourd'hui je me fasse belle ; mais demain... oh ! demain... Quel beau jour... quel bonheur... et pourtant le cœur me bat bien fort quand j'y pense, mais ce n'est pas de frayeur... non... je ne crois pas... ô mon Théodrick ! serai-je bien comme cela, dis?... »

Et elle s'approchait si près, si près du petit miroir, pour juger de l'effet de la fleur, de la gaze qui devait tant plaire à son amant, que sa pure et fraîche haleine ternit d'une légère vapeur la surface brillante de la glace.

Alors, elle, promenant son joli doigt blanc sur cette humide rosée... y traçait, rêveuse et souriante, le nom de son Théodrick... Un léger frôlement qu'elle entendit du côté de la fenêtre la fit tressaillir... elle tourna vivement la tête... les joues colorées, toute honteuse de se voir peut-être surprise dans ses secrets les plus chers...

Mais tout à coup ses lèvres pâlirent... elle jeta violemment ses mains en avant... essaya de se lever... mais ne le put... Elle retomba sur sa chaise, agitée d'un affreux tremblement... La malheureuse enfant venait de voir la tête hideuse d'un monstrueux serpent qui se glissait à travers la jalousie et les persiennes, soulevait le store et s'avançait en rampant... Il se cacha un moment dans la caisse de fleurs qui encadrait la fenêtre.

La disparition momentanée de cet affreux reptile semblait donner des forces à Jenny, elle se précipita vers la porte de la galerie, s'y cramponna, tâcha de l'ouvrir en criant : « Au secours ! ma mère... au secours !... un serpent... »

Impossible...

Son père, sa mère, son amant tenaient cette porte en dehors, et Jenny entendit la joyeuse voix du bonhomme Wil qui disait :

« Oui, oui, crie bien, crie bien, ça t'apprendra à avoir peur... petite folle... il ne te mangera pas... sois donc raisonnable... mon Dieu ! que tu es enfant ! — Prends cela sur toi, ma Jenny, dit sa bonne mère... une fois guérie de la peur, c'est pour toujours... Allons, sois gentille...»

Jusqu'à son Théodrick qui ajouta : « C'est moi, ma Jenny, c'est moi qui ai tout fait, et tu me donneras pourtant un beau baiser pour ma peine, car c'est pour ton bien, ange de toute ma vie... »

Ils croyaient, eux autres, qu'il s'agissait du serpent mort qu'ils avaient mis là pour habituer la pauvre enfant, comme ils disaient...

Jenny poussa un horrible cri et tomba au pied de la porte... Le serpent venait de déborder la caisse, sa queue était encore au milieu des fleurs, que sa gueule entr'ouverte, où bavait l'écume, béait sur Jenny. Il s'approcha... vit sa femelle morte... écrasée sous la petite table, et poussa un long sifflement sourd et caverneux. Il entoura avec une inconcevable rapidité les jambes, le corps, les épaules de Jenny, qui s'était évanouie.

Le col visqueux et froid du reptile se collait sur le sein de la jeune fille. Et là, se repliant sur lui-même, il la mordit à la gorge. La malheureuse, rappelée à elle par cette atroce blessure, ouvrit les yeux et ne vit que la tête grise, sanglante du serpent et ses yeux, gonflés de rage... qui flamboyaient.

« Ma mère, ô ma mère !... » cria-t-elle d'une voix éteinte et mourante...

A ce cri de mort, convulsif, râlant, saccadé, un éclat de rire, faible et strident répondit.

Et l'on put voir l'affreuse figure d'Atar-Gull qui soulevait un coin du store comme avait fait le serpent.

Il riait, le noir !!!

Jenny ne criait plus... elle était morte.

« Ouvrons-lui... car la peur, trop prolongée, pourrait devenir dangereuse... » dit le bonhomme Wil, cédant aux sollicitations de Théodrick et de sa femme... Il voulut ouvrir... Il ne pouvait... le corps de sa fille gênait... Il donna une violente secousse, et le cœur lui manquait... lorsqu'il se précipita dans la chambre, suivi de sa femme et de Théodrick, tous deux dans un effroyable état d'agitation... ils virent leur fille... morte...

Et, comme ils entraient, le serpent disparaissait par la fenêtre.

N. B. Il reste à expliquer ce fait, historique d'ailleurs, et la part qu'Atar-Gull eut à cet événement tragique.

Connaissant, comme tous les nègres, les habitudes des animaux de la contrée, il eut un rayon d'espoir quand il proposa à Théodrick de porter le serpent mort dans la chambre de Jenny.

Il savait que ces animaux s'accouplaient toujours, et que le mâle, rentrant dans son trou et ne trouvant plus sa femelle, là chercherait et suivrait peut-être sa piste.

Aussi eut-il le soin, comme on l'a dit, de prendre la femelle par la queue, afin qu'il fût que la partie saignante, écrasée, traînée par terre, laissât une trace, un fumet, capables de guider le mâle...

Ce qui arriva.

Le mâle, en entrant dans son trou, et ne trouvant pas sa femelle, suivit la piste, arriva au pied de la fenêtre du rez-de-chaussée, où le nègre, par un excès d'infernale prévision, avait encore écrasé une partie du corps, grimpa, souleva la jalousie... entra dans la chambre, étrangla Jenny et regagna son antre.

Atar-Gull avait calculé juste : la haine se trompe rarement.

CHAPITRE IV.

LE DÉPART.

Ah! j'en perdrai la vie
Par la douleur que j'ai.
E. SCRIBE.

C'était quelque vingt jours après la mort de Jenny, le soleil se couchait, et ses rayons obliques, traversant les jalousies de la chambre de madame Wil, inondaient cette pièce d'une lumière vive et dorée.

Au fond, une femme était couchée dans un lit, soigneusement entouré d'une moustiquaire, et un vieillard vêtu de deuil soutenait la tête de la malade en lui faisant respirer un cordial.

Un nègre, armé d'un long éventail de plumes, chassait les insectes qui auraient pu importuner madame Wil.

Car c'était elle qu'une bien affreuse maladie, causée par ses chagrins, avait réduite à cet état effrayant de maigreur et de marasme.

Elle ouvrit les yeux... et son premier regard fut pour son mari, l'honnête Wil, qui attachait sur elle un œil attendri et inquiet.

« Je me sens mieux, quoique bien faible, mon ami... —dit-elle d'une voix basse et creuse... à son mari... — du courage! »

Mais le colon, au lieu de lui répondre, baissa tristement la tête en signe d'approbation et serra la main tremblante de sa femme.

C'est que le malheureux avait éprouvé une émotion si violente à la vue de sa fille morte, qu'il n'avait pu jeter un cri; lors de cet affreux événement, sa langue avait été frappée de paralysie, depuis il était resté muet.

Madame Wil comprit son regard, car elle reprit : « Du courage, pourquoi?... la mort, mon Dieu, ne m'effraye plus... je la désire, au contraire, car au moins je pourrai revoir bientôt Jenny... » Et, en prononçant ce nom, la pauvre mère poussa un cri perçant, un cri aigu, qui sembla user le reste de ses forces...

M. Wil, aidé d'Atar-Gull qui pleurait, eut encore recours à son flacon.

Elle revint à elle.

« Pardon, mon bon Wil, je t'avais promis de ne plus prononcer le nom de notre fille, je sais quel mal cela te fait, ainsi qu'à ce digne serviteur... je veux dire ce digne ami, Wil, car un ami seul peut rendre de tels services : vingt et un jours sans dormir, et veiller, sans compter les périls qu'il a courus en allant à la recherche de Théodrick... Et ta blessure, va-t-elle mieux, Atar-Gull? — demanda madame Wil d'une voix faible. — Bien, très-bien, ma bonne maîtresse.. mais ne parlez pas... ça vous fatigue. — Et dire, — murmura-t-elle, — que Théodrick a disparu sans qu'on puisse savoir comment, depuis le jour où il s'est précipité hors de la chambre à la poursuite de cet affreux serpent! »

Le colon, agenouillé près du lit de sa femme, priait, la tête cachée dans ses mains.

Il fut tiré de cet état douloureux par un cri du noir.

« Maître... maître... la maîtresse se meurt. »

La pauvre mère, en effet, s'affaiblissait à vue d'œil; tous les ressorts de cette âme si tendre et si aimante avaient été brisés par la mort de sa fille. Elle touchait à son dernier moment. Elle fit signe qu'elle désirait parler... le colon et le nègre écoutèrent silencieux, à genoux.

« Mon ami, — dit-elle d'une voix éteinte et mourante, — quittez l'île... les pertes énormes que la mort de presque tous vos bestiaux, d'une partie de vos esclaves, vous a causées rendent ce départ nécessaire... ne songez pas à y rétablir votre fortune... trop d'amers souvenirs vous tueraient ici... réalisez le peu qui vous reste de notre bien... et partez... emmenez Atar-Gull... c'est un ami dévoué... allez en Europe... Wil... c'est la prière d'une mourante... ne me refusez pas... jurez, promettez-le-moi, au nom de ma Jenny...

Elle avait au plus encore une minute à vivre.

Le colon tenait ses lèvres collées sur la main de sa femme déjà glacée et sanglotait.

A un mouvement que fit madame Wil, Atar-Gull s'approcha d'elle pour relever le chevet de sa maîtresse.

Et il se réunit à genoux pour soutenir le corps défaillant de madame Wil, en disant tout haut : « Pauvre bonne maîtresse... pauvre maîtresse... »

Mais une horrible expression de joie, qu'il n'avait pu cacher en regardant sa maîtresse mourante, terrifia madame Wil, et l'admirable instinct de son cœur lui révéla tout à coup l'atroce hypocrisie que cette joie venait de trahir.

Aussi la malheureuse femme ouvrit affreusement les yeux... se dressa roide sur son séant, et cria d'une voix étranglée en jetant ses bras en avant avec un indéfinissable accent de terreur :

« Wil... Wil... Atar-Gull... ne... Jenny... » Ses forces la trahissant, elle ne put achever.

M. Wil fit un signe d'approbation, croyant qu'il s'agissait de la promesse d'emmener Atar-Gull.

« Père, père, — dit bas Atar-Gull, — les victimes ne te manqueront pas là-haut; la vengeance commence. »

On arracha M. Wil de la chambre de sa femme.

Atar-Gull fit pour lui ce qu'il avait fait pour madame Wil, le veilla, le soigna avec tant de zèle, d'abnégation de lui-même, que le gouverneur, voulant lui donner une marque d'estime probante, ajouta de sa main, sur son acte d'affranchissement, qui fut demandé par le colon, les louanges les plus flatteuses sur son zèle et son vertueux attachement pour ses maîtres.

Enfin, deux mois après la mort de sa femme, M. Wil réalisa le peu qui lui restait, paya ses dettes, et s'embarqua avec son fidèle noir pour Portsmouth, sur la frégate le Gambrian, qui retournait en Angleterre.

CHAPITRE V.

RENCONTRE.

Un bienfait n'est jamais perdu.
proverbe populaire.

« Allons, allons, que diable, un peu de courage, monsieur Wil, — disait le docteur au silencieux et taciturne colon... — Prenez un peu sur vous, je sais que tout cela est affreux; mais enfin ça est, ainsi soyez raisonnable ; si le temps nous favorise, dans un mois nous serons à Portsmouth : depuis cinq jours que nous avons quitté la Jamaïque, le temps nous favorise... la brise est faite, nous entrons dans les vents alizés... et tenez, un beau temps, un beau ciel, une mer comme celle-ci, ça donne espoir et courage... Quant à votre infirmité, ça ne peut pas durer, votre mutisme cessera... c'est une émotion forte qui l'a causée, il y a toujours du remède. » Ainsi parlait le bon et jovial docteur du Gambrian, en montrant à M. Wil le sillage rapide de la frégate, qui prouvait la vérité de son assertion, car ils étaient assis sur le couronnement et passaient le temps à faire ce que d'aucuns font si souvent à bord, à regarder l'eau.

Le colon tendit les mains au docteur, le remercia d'un regard, et secoua tristement la tête en montrant le ciel et en s'essuyant les yeux au souvenir de sa femme et de sa fille.

Et le docteur allait recommencer toutes ses banales consolations, quand Atar-Gull parut sur le pont, portant une petite théière...

« Tenez, maître, — dit-il respectueusement au colon, — voici le tilleul et le tamarin que vous a ordonnés. »

M. Wil fit signe qu'il n'avait pas soif.

« C'est égal, maître, — dit le noir avec cette intonation grondeuse qui sied si bien aux serviteurs dévoués, — c'est égal... ça vous fera du bien... n'est-il pas vrai, monsieur le docteur? — Certainement... buvez... buvez, monsieur Wil. »

Et le colon but la potion, forcé d'obéir à cette coalition de volontés et remercia du geste son fidèle serviteur.

« Ça m'a l'air d'un bien brave domestique, » dit le médecin.

Le colon leva les yeux au ciel agitant ses mains, comme s'il eût dit : « Un ange, docteur... — Eh bien! dites donc du mal des nègres après cela ! »

Le colon haussa les épaules.

Atar-Gull revint; mais cette fois ce fut pour apporter à Wil une tabatière pleine, dans le cas où celle du colon eût été vidée...

Ce dernier échangea un regard presque fier contre le coup d'œil approbateur du médecin.

« Hein... quelles attentions ! — disait l'un. — Parfait ! admirable ! » répondait l'autre.

Pendant cette muette pantomime, Atar-Gull, isolant les rayons visuels en mettant sa main au-dessus de ses yeux, regarda quelque temps à l'horizon avec attention, et s'écria tout à coup :

« Maître, là-bas, tout là-bas un canot... »

Le docteur et le colon redressèrent la tête, suivirent des yeux la direction que le noir leur indiquait et ne virent rien.

« Tu te trompes, mon garçon, — dit le médecin, — mais demande une longue-vue au timonier, nous nous en assurerons nous-mêmes. »

Et en effet, après deux minutes d'observation, le docteur s'écria :

« Il a, pardieu, raison, monsieur Wil; c'est une petite embarcation... et, si je ne me trompe, on voit un homme dedans... Timonier... prenez donc l'officier de quart. — Regardez, — dit le docteur à ce nouveau venu, un canot abandonné en pleine mer... qu'est-ce que ça peut être ? — Sans doute le reste d'un équipage qui aura péri... il a besoin de secours, sans doute. Je vais demander au nouveau commandant la permission de faire porter sur lui. »

L'officier descendit et remonta presque aussitôt en disant au timonier : « Laisse arriver sur ce point noir que tu aperçois là-bas. »

Plus la frégate approchait, plus on voyait distinctement ce petit canot : il était sale, presque démembré, et l'homme qui le montait semblait vider l'eau qui allait peut-être le submerger.

Le *Cambrian* mit en panne à une portée de pistolet... et le héla en anglais. L'homme du canot fit signe qu'il ne comprenait pas.

« Appelez ce marin qu'on a recueilli, et qui s'est engagé comme matelot avec nous, — dit le lieutenant, — il parle espagnol et français... il le comprendra peut-être. »

Le Grand-Sec monta sur le pont ; on le mena sur l'arrière, en lui désignant l'homme et le canot.

Mais le malheureux pâlit, bégaya, et tomba à la renverse. Il venait de reconnaître... Brulart. Et le bonhomme Wil aussi avait reconnu son pourvoyeur de noirs. Et Atar-Gull aussi avait reconnu celui qui partageait avec le colon toute sa haine africaine : mais, fidèle à son système, Atar-Gull resta calme et froid.

Le bonhomme Wil descendit dans la grande chambre, se souciant peu de la reconnaissance.

Or, le Grand-Sec désira parler en secret, à l'instant même, au lieutenant Pleyston, qui entendait le français ; et, comme il se rendait chez cet officier, Brulart montait à bord avec l'habileté et l'agilité d'un bon marin.

Brulart était toujours dans son costume ; mais il portait avec lui son précieux coffret, et fut aussitôt entouré par l'équipage du *Cambrian*, qui le regardait avec curiosité.

Comme il s'apprêtait à parler, il se sentit saisir par derrière.

Et il tomba sur le pont en blasphémant, et deux minutes après il était garrotté, enchevêtré, comme il avait jadis garrotté ce pauvre Claude-Borromée-Martial...

Et on le transporta, malgré ses cris, dans la grand'chambre du conseil, où il vit l'état-major de la frégate rangé autour d'une table, et d'un côté le Grand-Sec, qu'il reconnut aussitôt, et de l'autre le bon homme Wil... auquel il fit un salut amical.

« Interrogez-le, — dit le commandant, — et vous, commissaire, écrivez ses réponses, car heureusement voici le lieutenant Pleyston qui nous servira d'interprète. »

Le petit commissaire prépara sa plume, et demanda trois fois si le monstre était solidement attaché.

L'interrogatoire commença...

— LE LIEUTENANT. Tu dois reconnaître, misérable forban, ce matelot que tu as si cruellement jeté à la mer ? — BRULART. C'est le Grand-Sec... un de mes agneaux. — LE LIEUTENANT. A la bonne heure ; mais ce que tu ne reconnais peut-être pas, c'est cette frégate, qui t'a donné la chasse et que tu as manqué de faire couler par ton infernal brûlot... — BRULART (avec étonnement et satisfaction). Ah... bah... comment ! c'est vous qui avez goûté de ma mécanique... ah ! bon... bon... (D'une voix sourde) :— Je comprends maintenant ; mon affaire est sûre... (Il fait avec sa main le geste d'être pendu.) — LE LIEUTENANT. Un peu... ainsi tu avoues.... — BRULART. Tout... Je n'avouerais pas, que vous me pendriez la même chose... — LE LIEUTENANT. Comment t'es-tu trouvé seul dans ton canot ?... — BRULART. Mon équipage s'est blasé, fatigué de moi : en un mot, il s'est révolté, par les conseils de mon second ; un être maudit qu'ils appelaient le Borgne... On m'a garrotté, descendu dans le canot avec deux jours de vivres, un fusil et du plomb, et ils m'ont laissé en pleine mer... C'est une plaisanterie comme j'en ai tant fait moi-même. — LE LIEUTENANT. Tu n'as rien à dire autre chose ? — BRULART. Ma foi, non, si ce n'est de vous dépêcher le plus tôt possible, car c'est un vilain rêve. — LE LIEUTENANT (à part). Il appelle ça un rêve ; à la bonne heure. Alors, mon garçon, élève ton âme à Dieu ; car, avant le coucher du soleil, tu seras pendu. — BRULART. — LE LIEUTENANT. Emmenez-le, conduisez-le dans la cale, les fers aux pieds et aux mains... A propos... qu'est-ce que ce coffret ?... diable ! une couronne de comte... un vol... encore. — BRULART. Tout. Un vol... ce sont, corbleu, bien mes armoiries, à moi, mes gentilshommes ! — LE LIEUTENANT. Ah ! mon Dieu, quel joli flacon... voyez donc ce qu'il contient ; docteur... — LE DOCTEUR. De l'opium... c'est de l'opium... — LE LIEUTENANT. Voudrait-il s'empoisonner ?... — LE DOCTEUR. Oh ! avec ceci, il s'endormirait tout au plus, mais pour s'empoisonner, diable, il en faut davantage... — BRULART. Laissez-moi ce coffret, je n'ai que cela, vous le prendrez après : d'ailleurs, examinez-le, vous verrez qu'il n'y a aucune arme : on ne refuse pas ordinairement à un condamné... ainsi... LE LIEUTENANT (s'adressant au commandant). Il demande qu'on lui laisse ce coffret, le docteur assure qu'il n'y a aucun danger. — LE COMMANDANT. Laissez-le-lui. — LE LIEUTENANT. Tiens, et grand bien te fasse... Emmenez-le, vous autres...

On l'emmena, le commissaire lut les demandes, les réponses ; on mit aux voix, et le corsaire fut condamné à l'unanimité à être pendu à la grande vergue du *Cambrian*, au coucher du soleil.

On descendit Brulart dans la cale, il était onze heures. — L'exécution était pour six.

A trois heures il but ce qui restait dans son flacon, et retomba bientôt endormi sur le plancher froid et humide de la cale.

Et, toujours sous l'influence de l'opium, il rêva.

CHAPITRE VI.

SONGE.

Laisse la Thessalie, Lorenzo, réveille-toi... vois les rayons du soleil levant qui frappent la tête colossale de saint Charles. — Écoute le bruit du lac qui vient mourir sur la grève au pied de notre jolie maison d'Arona. — Respire les brises du matin qui portent sur leurs ailes si fraîches tous les parfums des jardins et des îles, tous les murmures du jour naissant.   CHARLES NODIER. — *Smarra*.

Vous en parlez bien à votre aise, réplique le bandit ; si, comme moi, vous aviez été pendu... — Pendu, vous ? — Pendu...
                              JULES JANIN. — *L'Âne mort.*

O mon ange ! veillez sur moi.
                              A. M. — *Romance.*

Dans ce rêve il était rajeuni. Il avait seize ans.

Une de ces ravissantes figures de jeune homme, douce et pâle, avec de grands yeux mélancoliques parfois qui s'animaient pourtant d'un feu inconnu.

Il était aspirant de la marine, le pauvre enfant ; embarqué à bord du *Cygne*, un brick leste et joli comme son nom. Il s'éveilla en disant : « Me pendre... me pendre... moi, pirate, moi, vieux et laid... Ah !... quel cauchemar !... »

Et, mollement balancé sur son hamac, il ne dormait plus, il pensait à je ne sais quelle grande et noble dame qu'il avait vue à Brest, je crois... et cette imagination de seize ans, ardente et rêveuse, se jouait autour de cette charmante image... C'était sa taille de reine... son regard imposant et ses grands sourcils noirs, dont il avait peur, le naïf jeune homme... sa main douce et blanche qu'il toucha une fois... une seule... et qui lui fit éprouver une commotion si singulière... à la fois voluptueuse et cruelle...

Et puis, à ce souvenir, ses artères battaient, sa tête brûlait, ses yeux se noyaient de larmes.

« Mon Dieu, mon Dieu, — disait-il en se tordant sur son hamac, — que je suis malheureux... Quelle existence ! l'Océan, toujours l'Océan ! des matelots rudes et sauvages, des visages durs et repoussants, une vie de froid égoïste, une vie de prêtre, sans amour et sans femmes ! et pourtant le cœur me bat dans la poitrine... et la vue d'une femme me fait tressaillir... J'éprouve un immense besoin de souffrir, de pleurer aux pieds d'une femme ; je n'ai plus de mère, moi !... seul, isolé, il faut bien que j'aime quelqu'un... qu'une bouche de femme me console ou me plaigne ! »

Et le canon tonnait tout à coup.

Alors il se jetait à bas de son lit, prenait à la hâte sa veste bleue avec sa mince broderie d'or, son beau poignard, sa hache luisante, son chapeau ciré, qui cachait sa chevelure brune, bouclée comme celle d'une jeune fille, et il courait sur le pont...

En le voyant, les vieux matelots se poussaient du coude, car c'était un hardi et intrépide enfant, le premier au feu, à l'abordage ; oh ! une âme forte et puissante bouillonnait dans cette enveloppe efféminée... et plus d'une fois son jeune bras avait paru bien lourd aux Anglais.

Et il se trouvait au milieu d'une horrible mêlée ; le joli brick *le Cygne* était attaqué par une corvette anglaise, et des grapins de fer liaient ces deux bâtiments l'un à l'autre.

L'abordage... l'abordage !

Et, à travers le feu, les balles et la mitraille, l'aspirant s'élançait une hache au poing ; à sa voix, l'équipage se rallie, les rangs se serrent, et l'ennemi abandonne l'avant du navire sur lequel il déborde...

Le capitaine du brick... mort, — le second, mort, — l'équipage, mort ; — il ne restait que lui, le jeune enfant, et quelques matelots d'élite. Il mit le pied sur le bâtiment ennemi... On se presse, on se heurte, on écrase les mourants, le sang coule, le canon mitraille, l'aspirant lui-même tombe au pied du grand mât de la corvette anglaise... mais de son coup de poignard il a renversé le capitaine.

L'Anglais est pris ; victoire, hourra... victoire, gloire à l'aspirant !

Mais sa blessure est grave, et l'on se dispose à rentrer dans le port afin de réparer le navire.

Mais le vent mugissait, la mer grondait, et une effroyable tempête jetait le brick sur des rochers.

Une énorme lame emportait l'aspirant, le précipitait meurtri, sanglant, sur le rivage...

Et il se levait avec peine, et cherchait un asile dans une caverne qu'un éclair lui faisait découvrir.

Il avançait en rampant dans cet antre obscur, déchiré par les cristaux et les granits qui couvraient le sol. Mais une lueur douce et rose venait tout à coup se jouer sur les facettes des brillants stalactites. Et bientôt il se trouvait dans un grotte immense, éblouissante de diamants, de topazes et de rubis qui étincelaient, scintillaient en gerbes, en cercles et en pyramides chatoyantes.

Sur un trône taillé d'une seule émeraude était une divinité majestueuse.

Une couronne d'étoiles de feu flamboyait sur ses cheveux noirs ; le zodiaque, gravé sur sa ceinture d'or, était relevé par des émaux diaprés ; une tunique blanche, un voile bleu, brodé de fleurs d'argent et de perles, puis des brodequins couleur d'azur formaient son noble vêtement.

Théodrick.

« Je t'attendais, — disait la divinité en faisant asseoir l'enfant auprès d'elle : — vois, cet empire est le mien, quand je le veux les tempêtes grondent et mugissent ; d'un mot, je fais pâlir les marins les plus intrépides : c'est par ma volonté que ton vaisseau s'est brisé sur les rochers... je voulais te voir... car tu es mon fils... Tiens, juge, et sois fier de la puissance de ta mère. »

Aussitôt un bruit affreux se fait entendre, toute lumière disparaît, un froid mortel se répand dans la caverne, la terre tremble, les voûtes sont ébranlées ; c'est le vent du nord qui rugit, et dont les lugubres sifflements retentissent d'échos en échos...

« Je veux que le calme renaisse, — dit la divinité, et qu'il vienne caresser mon fils. »

Et une douce chaleur, un parfum délicieux, une éclatante lumière, un bruissement léger comme celui du feuillage qu'une faible brise agite et balance, remplacent cet horrible ouragan.

Un joli nuage, ressemblant à de l'air condensé, mélangé d'or, de pourpre et de soleil, chargé d'une poussière de roses et de jasmin, se balançait au milieu de la grotte et s'y évaporait en merveilleuse senteur, en éblouissante clarté.

Le jeune homme, entouré de cette vapeur transparente et embaumée, se fondait dans un océan de délices ; son état d'extase se rapprochait de toutes les sensations, de tous les sentiments, de toute espèce de jouissance.

Et la divinité se penchait à son oreille en lui disant :

« Ce bonheur ineffable n'est pourtant rien auprès de celui que tu goûteras auprès d'*elle*, car elle t'aimera... car tu es un de mes fils ; je te laisse sur la terre, mais je veille sur toi... »

Et la divinité le baisait au front... et tout disparaissait...

Et il se trouvait couché dans un lit moelleux, couvert d'édredon, en-

touré de glaces et de soie, sa tête reposait sur de magnifiques dentelles, et elle était là, celle dont le souvenir l'avait tant de fois mis hors de lui, celle qui devait l'aimer, avait dit la divinité. Elle était là, à genoux, près de lui, une cuiller d'or à la main, ses beaux sourcils un peu froncés par l'inquiétude, lui offrant un cordial suave et parfumé.

« Oh! mon Dieu, — dit-il, — oh! madame, c'est vous... mais où suis-je?... j'ai donc fait un rêve?... cette éblouissante caverne... cette divinité... — Pauvre enfant, remettez-vous, — dit la jolie femme. — Un affreux coup de vent a brisé votre navire, des pêcheurs vous ont trouvé presque mourant sur la côte, à l'entrée d'une grotte, et vous ont apporté ici, chez moi, à Brest ; mais votre blessure était si grave, si grave, que j'ai demandé comme une faveur de vous soigner. — Ah... oui ; mais en vous voyant, madame, j'avais oublié ma blessure... »

Et il fallait voir quelle délicieuse expression de candeur voilait ses beaux yeux timidement baissés.

Et elle se disait en souriant : « Il a l'air d'une fille, et pourtant si jeune, si joli, tout cet équipage de vieux matelots qu'il a conduit au feu, tremblait à sa voix... comme je tremble moi-même, — pensa-t-elle en rougissant. — Madame... est-ce que j'aurai le bonheur de rester longtemps ici ? — Jusqu'à ce que votre guérison soit complète, mon enfant... — Ah! » dit-il... en fixant des yeux ravis sur la belle et voluptueuse figure de vous protectrice... mais peu à peu il pâlit... et perdit connaissance. Cet espoir de bonheur était au-dessus de ses forces.

« Grand Dieu ! il se trouve mal, » cria la jolie femme en se penchant à un cordon de sonnette qu'elle agita violemment.

Et quinze jours après, il souffrait moins, sa figure était encore un peu pâle, mais cette pâleur lui allait si bien... disait la dame aux sourcils noirs.

Et un jour qu'il rêvait, assis devant un beau portrait de cette ravissante personne, elle entra.

Elle ne lui avait jamais semblé plus belle.

Jenny.

« Arthur, — lui dit-elle en se plaçant sur un doux sofa, — j'ai une bonne nouvelle à vous annoncer. Venez près de moi, mais ne tremblez pas, comme toujours. »

Le jeune homme n'osait lever les yeux, et son cœur battait bien fort...

« On vous accorde un congé de trois mois pour vous rétablir, et après vous viendrez prendre possession de votre nouveau grade... Ces trois mois, — ajouta-t-elle à voix basse, — nous les passerons... à ma terre. Le voulez-vous ? »

Arthur pâlissait et restait muet. Il ne pouvait croire à tant de bonheur.

« Comme vous n'avez ni parents, ni amis, j'ai cru pouvoir prendre cette décision sans vous consulter... Allons, Arthur, ne tremblez donc pas ainsi... ne suis-je pas votre amie... votre mère... pauvre enfant?...»

Elle prit la main du jeune homme en l'attirant près d'elle.

« Oh! oui,—dit-il en tombant à ses genoux,—oh! oui, vous êtes tout pour moi... vous êtes la seule qui m'ayez témoigné de l'intérêt... je vous aime de toute la tendresse que j'ai dans le cœur, je vous aime comme une mère, comme une sœur, comme une amie ; ô vous... toujours vous, vous serez mon Dieu, ma religion, ma croyance. »

Et Arthur, hors de lui, baisait les genoux, les mains, les pieds de la jeune femme, dont le sein palpitait, et qui disait d'une voix émue : « Arthur... mon enfant... je crois à votre reconnaissance... j'y crois... finissez... Arthur... »

Et il se trouvait à la terre de sa protectrice.

C'étaient de fraîches eaux, d'épais ombrages, une solitude profonde, un parc entouré de hautes murailles, pas d'autres valets qu'une vieille gouvernante dévouée et un jardinier sourd.

Les empoisonneurs.

Elle lui avait promis quelque chose qu'il attendait avec une inconcevable impatience.

Les appartements de ce château étaient vastes et gothiques, mais commodes, retirés, silencieux.

Et il voyait la jeune femme à moitié couchée sur un de ces antiques fauteuils si bons et si moelleux.

Vêtue d'un blanc et frais peignoir de mousseline qui laissait voir le bout de sa jambe fine et ronde et son joli pied chaussé d'une petite pantoufle bleue... son beau bras passé autour du cou d'Arthur, elle abaissait sur lui son humide regard.

« Tu m'aimeras donc toujours... Arthur? — lui disait-elle en le baisant au front. — Oh! toujours, ma vie, à toi, ma vie... » disait l'ardent jeune homme en liant avec volupté ses bras à la divine taille de sa jolie sœur, mère ou amie, comme il disait.

Elle fit un mouvement en arrière... son peigne tomba, et son admirable chevelure noire se déroula sur son cou, sur ses épaules, sur ses bras, en une multitude de boucles brunes et luisantes.

Et Arthur baisait ces beaux cheveux avec transport et ivresse, les divisait, les nattait, en couvrait sa figure.

Et elle, palpitante et rêveuse, le laissait faire, mais elle sentit tout à coup les lèvres de l'enfant frissonner sur les siennes.

Il s'était traîtreusement caché sous l'épaisse chevelure de la jeune femme, et, dressant tout à coup sa jolie figure au milieu de cette forêt

Écoute, blanc... écoute une singulière histoire.

d'ébène, qu'il partagea en deux touffes soyeuses... il avait surpris un délirant baiser.

Le prix de vertu.

« Ah ! — dit-elle avec une petite moue enchanteresse, — ah ! vous me trompiez... Arthur, je vais vous étrangler... »

En approchant la tête d'Arthur de son sein qui bondissait, elle entoura le cou du jeune homme de longues tresses de ses cheveux, et les serra en souriant...

« Oh! — dit-il, en baisant sa gorge d'ivoire... — méchante, tu veux me tuer... car tu serres bien fort... c'est comme dans mon rêve de cette nuit... mais que fais-tu! oh... à toi... ma vie... je meurs... mon ange... »

C'est qu'à ce moment de son rêve on pendait réellement Brulart à bord du *Cambrian*, et que le poids de son corps, pesant sur la corde qu'on avait passée au bout dehors de la frégate, avait opéré la strangulation.

Abîmé dans l'état de torpeur, de somnolence que lui avait procuré sa dose d'opium, et qui, sans être le réveil ni le sommeil, l'avait plongé dans une espèce de somnambulisme, il avait suivi machinalement ses guides à moitié endormi, appuyé sur eux, les yeux ouverts, sans voir, s'était laissé attacher, hisser et pendre, sans y faire la plus légère attention, plongé qu'il était dans les délices de ses songes merveilleux.

Alors qu'on pendait le corps l'esprit était ailleurs. Somme toute, il mourut dans une ravissante extase de plaisir. Et le docteur remarqua comme un phénomène physiologique que la physionomie du patient, jusque-là froide et immobile, prit, au moment de la strangulation, une inconcevable expression de bonheur.

Cette particularité repose sur la nature du songe de Brulart et sur des effets propres à la pendaison. (Voir le *Dictionnaire des sciences médicales.*)

Justice rendue, le corps du pirate fut jeté à la mer avec deux boulets aux pieds.

Le reste de la traversée n'offrit rien de remarquable, et *le Cambrian* toucha les côtes d'Angleterre au bout de quarante jours de mer; Atar-Gull débarqua avec son maître. Le commandant de la frégate voulut ajouter les témoignages les plus flatteurs en faveur du nègre, qui, par ses soins pour le malheureux Wil, avait excité la sympathie de tout l'équipage. Mais M. Wil ne resta pas longtemps en Angleterre; ses ressources étaient modiques; et, suivant les conseils d'Atar-Gull et du docteur, qui venait quelquefois le voir à Portsmouth, il partit pour la France, où l'on vivait à bien meilleur marché, lui disait-on.

« Enfin, — se dit Atar-Gull, — je touche au moment de compléter ma vengeance... Oh!... elle sera terrible et longue surtout... J'aurais pu le tuer... Mais la mort serait un incroyable bienfait auprès de la vie que je lui prépare... »

LIVRE SIXIÈME.

CHAPITRE PREMIER.

LA RUE TIRECHAPE.

Il y a dans mon cœur un levain horrible de cruauté. — Je voudrais que ceux qui ont fait souffrir les autres souffrissent une fois tout ce qu'ils ont fait souffrir. Je voudrais que cette impression fût déchirante, et profonde, et atroce, et irrésistible. — Je voudrais qu'elle saisît l'âme comme un fer ardent; je voudrais qu'elle pénétrât dans la moelle des os comme un plomb fondu; je voudrais qu'elle enveloppât tous les organes de la vie comme la robe dévorante du centaure!

CHARLES NODIER. — *Roi de Bohême.*

Enfin, mon enfant, bon serviteur, non content de prodiguer au vieillard les soins les plus touchants, le nourrissais de son pain, qui vous prouve qu'on ne doit jamais rudoyer les domestiques.

Contes à Lolo, par un académicien. — Édition rare.

Figurez-vous une de ces noires et antiques maisons du vieux Paris, située vers le milieu de la rue Tirechape, — je crois, couleur brune et sale, solives saillantes, fenêtres étroites et sombres, escalier-roide, obscur, véritable labyrinthe dans lequel on ne peut se guider qu'on moyen d'une grosse corde à puits, grasse et luisante de vétusté... puis une république d'industrieux prolétaires, allant, venant, courant, montant, nichant et pullulant dans ces cellules étroites et entassées au-dessus les unes des autres comme les cases d'une ruche à miel.

Et pour pivot, pour centre de toutes ces existences de travail et de fatigue, une portière vieille, édentée, hargneuse, bavarde, un de ces types si admirablement mis en relief par notre Henri Monnier.

Il était nuit; un homme assez âgé, vêtu de noir, descendait péniblement les hautes marches de l'escalier, étreignant avec force la bienheureuse corde à puits. La portière, entendant un bruit inusité à cette heure, où tout dormait dans la maison, ouvrit brusquement le carreau de son antre, et passa d'abord son vilain bras jaune armé d'une chandelle fétide, puis sa figure fâcheuse et renfrognée...

« Qui descend là?... répondez donc... c'est des heures indues... —
C'est moi, c'est moi... le docteur... » dit une voix de basse-taille.
Ici, le cerbère quitta son ton aigre et criard pour une espèce de glapissement amical...

« Ah! mon Dieu, c'est vous, monsieur le docteur; mais il fallait m'appeler pour éclairer... Eh bien! comment va-t-il le vieux muet? Il est donc à partir celui-là... en a-t-il encore pour longtemps? — demanda-t-elle en se nichant devant le docteur, afin d'obtenir une réponse, ou de se faire, comme on dit, passer sur le corps. — Comme ça... il va tout doucement, madame Bougnol. — C'est pourtant pas faute de soins... dit celle-ci, d'un air revêche. — c'est qu'il s'entête alors, car il a son nègre... M. Targu, que c'est une adoration d'homme, quoi! de voir comme il s'oublie pour son maître. — Il est vrai que c'est un bien fidèle serviteur... il ne le quitte pas d'un moment. — Ça n'empêche pas qu'il est encore bon enfant, le nègre, de rester comme ça domestique d'un vieux grigou qui ne lui donne rien... puisque c'est au contraire le domestique qui nourrit son maître, c'est encore du propre. — C'est un vertueux domestique, madame Bougnol, et c'est un exemple que les autres ne suivent malheureusement pas toujours. — Et puis que ça doit être une fameuse scie... un muet... pas le moyen de causer... mais, après tout, il parlerait que ça serait tout de même, car on dirait que son nègre a peur qu'on lui mange son maître; personne ne peut l'approcher. — C'est qu'il est apparemment jaloux de son affection, » dit le médecin, fatigué de la longueur de la conversation et cherchant à passer adroitement entre le mur et la portière.

Mais celle-ci, qui le guignait de l'œil et suivait tous ses mouvements, faisant toujours face à l'ennemi, rendit cette tentative inutile, et continua.

« Monsieur, quelle est donc sa maladie, à ce pauvre vieux? est-ce vrai qu'il est fou?... Pendant les deux premiers mois qu'il est venu loger ici, il se portait comme un charme, et voilà près d'un an qu'il est si malingre qu'il n'est pas descendu une fois dans la rue. — Et il n'y descendra peut-être plus jamais, dit le docteur en secouant tristement la tête, et essayant de forcer le passage de vive force. — Ah! Dieu du ciel, est-ce qu'il va mourir? — dit la portière avec inquiétude. — c'est qu'alors il faudrait mettre écriteau, voyez-vous, monsieur le docteur; nous apprenons sa mort... — Je ne vous dis pas ça... mais il n'est pas bien du tout... »

Et le docteur, profitant d'un moment d'inattention de madame Bougnol, se cramponna vite à la corde et se laissa glisser jusqu'en bas presque sans toucher les marches de l'escalier, avec autant de rapidité qu'un matelot qui s'affale le long d'un cordage.

« C'est égal, — se dit la portière, — je vais monter chez le vieux muet pour savoir quelque chose, si c'est possible. »

Alors, fermant sa loge avec soin, elle commença son ascension, non sans faire une pause à chaque étage; enfin elle atteignit le septième et se trouva en face d'une petite porte grise.

Là elle moucha sa chandelle, s'emplit le nez de tabac, et agita timidement un cordon de sonnette terminé par une patte de lièvre. Un instant après la porte s'entr'ouvrit assez pour donner passage à une grosse tête noire et crépue, coiffée d'une casquette rouge... C'était Atar-Gull.

« Que voulez-vous, madame? — demanda-t-il d'un ton brusque. —
Monsieur Targu, — dit le Bougnol en faisant l'agréable, — je voudrais savoir des nouvelles de votre bon maître. — Mon maître est souffrant, très-souffrant, — dit l'honnête serviteur avec un soupir qui fendit le cœur de la portière... et même il essuya une larme. — Que voulez-vous, monsieur Targu, il faut bien se faire une raison; tout le monde d'abord sait ici que vous nourrissez votre maître... et M. le maire, qui est venu pour cet indigent de là-haut, a dit qu'il écrirait de votre conduite au gouvernement, que tôt ou tard un bienfait trouve sa récompense... et que... — Merci, » dit Atar-Gull en poussant brusquement sa porte au nez de la portière, qui redescendit en grondant.

Quand Atar-Gull se fut renfermé, il s'arrêta un moment dans la petite pièce qui donnait sur l'escalier... écouta avec attention... avant que d'entrer dans l'autre chambre, qui paraissait plus grande.

Dans celle où il se trouvait, on voyait deux vieilles malles vides, une chaise et une natte sur laquelle il se couchait... Il poussa doucement la porte de l'autre pièce, et entra.

C'était le tableau le plus complet de la misère, mais non une misère sale et repoussante, car le peu de meubles qui garnissaient cette chambre étaient propres et cirés, les carreaux nets et transparents; puis on voyait en outre un fauteuil de malade, garni de deux minces coussins, placé près de la fenêtre ombragée par des feuilles vertes et les fleurs rouges des capucines, qui couraient sur un treillage de corde.

Enfin, sur un lit, composé d'un seul matelas et d'une paillasse, mais soigneusement tiré, rangé, bordé, reposait M. Wil.

Quel changement, mon Dieu! ce n'était plus que l'ombre de lui-même: cette figure, autrefois si riante, si joyeuse, si vermeille, était mair jaune, osseuse, allongée; ses cheveux, rares, étaient tout blancs, et même, pendant son sommeil, un tremblement convulsif, presque continuel, agitait ses sourcils et sa lèvre supérieure, qui, en se retroussant, laissait voir ses dents serrées... Atar-Gull, debout au pied du lit, les bras croisés, le considérait avec une inconcevable expression de joie et de haine satisfaite! car il était enfin satisfait... sa vengeance était complète... Oui, vous saurez que le cachot le plus noir, le plus infect, le plus horrible... eût été un palais, un Louvre pour le colon auprès de cette chambre froide et propre.

Oui, vous saurez que les tortures les plus lentes et les plus affreuses, la mort la plus cruelle eussent été des délices ineffables pour le colon auprès de la soumission humble et attentive de son esclave!

Jugez :

La somme que M. Wil avait réalisée s'était trouvée tellement modique qu'elle ne put, on le sait, le faire subsister en Angleterre, et qu'il fut obligé de prendre la résolution de venir habiter Paris...

Comme il cherchait une rue sombre, retirée, pour s'y loger à bon compte, le maître de la modeste auberge où il était descendu l'adressa rue Tirechape. Wil, dont la tristesse et la mélancolie s'augmentaient de jour en jour, insouciant et chagrin, prit ce logement, parce que ce fut le premier qu'il vit.

Il était bien malheureux, et pourtant les soins d'Atar-Gull faisaient parfois luire une larme de bonheur dans ses yeux, et le dévouement incroyable de cet esclave le reposait un peu des horribles souvenirs de la Jamaïque. Le zèle du noir ne se démentit pas pendant les deux premiers mois du séjour de M. Wil à Paris; seulement il eut d'une adresse prodigieuse pour éloigner toutes les personnes qui auraient pu s'approcher de son maître, ce qui lui fut d'autant plus facile que le colon n'entendait pas un mot de français, et qu'Atar-Gull ne savait de cette langue que juste ce qu'il fallait pour demander les objets de première nécessité.

Bientôt je ne sais quelle banqueroute diminua tellement la modique existence du colon que son mince revenu ne lui eût pas suffi, si Atar-Gull, en faisant dans le jour quelques commissions, en rendant de légers services aux locataires, n'eût pas augmenté par ce bien-être de M. Wil, à la grande édification du voisinage et du quartier.

Or M. Wil n'avait d'autre distraction que quelques rares promenades qu'il faisait, appuyé sur le bras d'Atar-Gull, et le temps qu'il employait, le pauvre homme, à écrire une relation de ses malheurs, dans laquelle il ne tarissait pas d'éloges sur la belle conduite de son esclave et sur les admirables soins qu'il lui prodiguait, surtout depuis son séjour en France.

Un jour, environ deux mois après son arrivée à Paris, il fit signe à Atar-Gull de s'asseoir près de son lit, et lui lire l'espèce de journal dont nous avons parlé, qui à chaque page portait le nom d'Atar-Gull pompeusement entouré d'épithètes flatteuses et touchantes.

Enfin ce journal finissait par ces mots :

« Au moins, après ma mort, mon bon serviteur gardera ce témoignage de mon attachement et de ma reconnaissance; car le ciel, m'ayant retiré ma famille, je reste tout seul au monde, isolé sur une terre étrangère, et je ne serais pleuré par personne, si le fidèle ami qui me sert, me nourrit même du peu qu'il gagne... n'était là pour me fermer les yeux et me donner une larme... »

Quand Atar-Gull eut lu ces pages, il les prit et les serra, d'après l'ordre du colon, dans une petite cassette dont il avait seul la clef... Mais le lendemain il se passa dans cette petite chambre triste et retirée, entre ce bon et digne homme et son fidèle serviteur, l'horrible et inconcevable scène qu'on va lire.

CHAPITRE II.

ATAR-GULL.

Ah! si vous aviez vu comme j'en fis rencontre,
Vous auriez pris pour lui l'amitié que je montre.
Chaque jour à l'église il venait d'un air doux
Tout vis-à-vis de moi se mettre à deux genoux.

Orgon. — TARTUFE, acte I, sc. VI.

— Tu n'as pas reçu mission de faire ce que tu m'as fait... donc que les pleurs et le sang retombent sur ta tête.

ALEX. DUMAS. — *Napoléon Bonaparte.*

. . . . Il tremblait de mourir;
Mourir! c'est un instant de supplice... mais vivre...

FRÉDÉRIC SOULIÉ. — *Christine.*

C'était le soir... le jour baissait... le colon venait de terminer son modeste repas; et, comme il était dans l'impossibilité de marcher et même de se servir de ses mains, étant paralysé, son noir, l'ayant bien et dûment posé et encaissé dans son grand fauteuil, l'avait roulé tout près de la fenêtre, d'où M. Wil aimait à voir encore les dernières lueurs du soleil dorer les fleurs pourprées de ses capucines, et étinceler sur ses épais carreaux...

Cette atmosphère enflammée des feux d'un soleil à son déclin, ces fleurs pâles et froides qui brillaient pour quelques minutes d'un vif et brillant éclat, rappelaient au pauvre colon son beau ciel de la Jamaïque, ses palmiers si verdoyants, ses aloès parfumés, ses camélias fleuris; toute cette végétation si puissante et si forte... et puis aussi peu à peu venaient se grouper sous ses arbres gigantesques sa bonne et tendre femme... sa douce Jenny... son loyal et franc Théodrick... c'est alors qu'il pensait avec amertume à leurs longues promenades du soir après la prière, à leur joie innocente; à ces fêtes tumultueuses, bruyantes, qu'il donnait pour sa fille... à ses naïves caresses, à sa gaieté si folle... et enfin à tout cet avenir de bonheur, de richesses et d'amour, flétri, tué en deux mois par une si inconcevable fatalité... Car il se voyait, lui, un des plus riches planteurs de la Jamaïque, réduit à vivre des aumônes d'un esclave, qui partageait avec lui, Tom Wil, une misérable chambre, triste et obscure, avec lui, dont les magnifiques et vastes habitations étaient autrefois couvertes d'hommes qui tremblaient à sa voix...

Quels souvenirs!

Aussi, sa pâle figure s'assombrissait de plus en plus, et les rayons obliques du soleil, qui l'éclairaient fortement, en faisaient ressortir encore l'expression mélancolique, et lui donnaient un aspect de tristesse indéfinissable, de chagrin profond, de regret amer, qui eussent attendri l'âme la plus atroce...

Bientôt des larmes coulèrent de ses yeux, et il laissa tomber sa tête chauve et vénérable dans ses mains tremblantes, et s'ensevelit dans une sombre méditation. La nuit était tout à fait venue.

Atar-Gull alla soigneusement fermer la porte qui donnait sur l'escalier, poussa les verrous et prit la même précaution pour celle qui ouvrait sur la chambre où était son maître... Il alluma une lampe qui ne jetait qu'une clarté faible et douteuse, s'approcha du colon, toujours absorbé dans ses pensées et le contempla un instant. Puis, lui frappant avec force sur l'épaule, de sa large et formidable main, il l'éveilla en sursaut, car l'honnête Wil avait fini par sommeiller un peu.

Pour la première fois le maître tressaillit à la vue de son esclave...

C'est aussi la scène avait quelque chose d'effrayant et d'étrange. Au milieu de cette chambre vaste et basse, à peine éclairée par la lumière vacillante et rougeâtre de la lampe... se dressait, de toute la hauteur de sa taille athlétique, Atar-Gull... le regard flamboyant, les bras croisés, et un affreux sourire sur ses lèvres contractées qui laissaient entendre le sourd claquement de ses dents qui s'entre-choquaient comme celles d'un tigre qui mâche à vide...

On ne voyait de ce colosse noir que deux yeux blancs fixes et arrêtés, et au milieu de ce blanc un point lumineux qui brillait comme du phosphore dans l'ombre.

C'était aussi la première fois que le nègre s'était permis de frapper si familièrement sur l'épaule de son maître : aussi ce dernier le regarda-t-il avec un étonnement stupide.

« Écoute, blanc... — dit Atar-Gull d'une voix caverneuse... — écoute bien... une singulière histoire... »

Ce tutoiement, cette phrase, ce ton dur et presque solennel, bouleversèrent les idées du colon qui attachait des yeux inquiets sur le nègre, qui continua ainsi :

« Le premier blanc que j'ai haï a été cet homme que l'on a pendu à bord de la frégate anglaise.

« Il m'avait acheté, battu et vendu. — Justice a été faite.

« Le second blanc que j'ai haï, mais d'une haine aussi brûlante que le feu... aussi aiguë que la pointe d'un couteau, aussi vivace que l'opius qui fleurit chaque jour...

« C'est toi... toi, Tom Wil, colon, planteur de la Jamaïque... »

Le colon voulut se lever, et, faible qu'il était, retomba sur son fauteuil en faisant entendre un gémissement sourd...

Le nègre continua :

« Garde tes gémissements pour plus tard... ce n'est pas encore l'heure; Tom Wil, planteur de la Jamaïque... Tom Wil, qui fus riche à millions... Tom Wil, qui fus tendre père, heureux mari... plus tard, tu gémiras... tu pleureras du sang...

« S'il avait fallu, vois-tu, comparer la haine que je portais au négrier qu'on a pendu à celle que je portais à toi, Tom Wil, j'aurais dit que je t'aimais, lui, comme un frère...

« Et pourtant mon cœur a bondi de joie en voyant son supplice...

« Enfin, sais-tu ce que tu m'as fait, Tom Wil? le sais-tu?

« Pour de l'or, tu as vendu mon sang... un pauvre vieillard qui ne demandait qu'un peu de mais et de soleil pour vivre quelques jours encore, et puis mourir;... pour de l'or... tu l'as fait supplicier du supplice d'un voleur et d'un assassin...

« C'était mon père... Tom Wil! le vieux Job! c'était mon père! comprends-tu maintenant? »

Et le colon... haletant... comme fasciné par le regard d'Atar-Gull...le contemplait en silence...

« Alors, vois-tu, — reprit le noir, — il m'a fallu dévorer ma haine, qui me tordait le cœur : le jour, le rire sur les lèvres, te servir et baiser ta main qui me frappait, en pleurant de joie...

« Et c'est de joie aussi que je pleurais, Tom Wil... car chaque coup, chaque humiliation que j'endurais avançaient ma vengeance d'un pas...

« Et j'ai eu ta confiance! ton attachement! enfin ! »

hurla le noir avec un affreux éclat de rire...

« Et c'est moi qui t'ai traduit au tribunal des empoisonneurs, qui ai fait empoisonner tes bestiaux, tes noirs, et même le premier-né que j'eus de Narina, pour éloigner tout soupçon de moi... bon et fidèle serviteur. »

Atar-Gull fit une pause, un silence, comme pour donner à chacune de ses atroces révélations le temps d'entrer bien douloureusement au cœur du colon qui croyait rêver.

Puis il reprit :

« Et c'est moi, Tom Wil, qui ai incendié tes propriétés en incendiant aussi la case que tu m'avais donnée, et qui ai couru au milieu du feu, pour qu'on ne pensât pas à m'accuser... moi, bon et fidèle serviteur...»

Ici une nouvelle pause...

« Et c'est moi, Tom Wil, qui ai presque guidé par mon adresse le serpent qui a étranglé ta fille, et qui l'ai poursuivi après, moi bon et fidèle serviteur... »

Par un effort surnaturel, le colon se leva debout, les yeux menaçants, et s'avança sur Atar-Gull ; mais à peine eut-il fait deux pas qu'il tomba par terre.

Atar-Gull resta debout, regardant de toute sa hauteur son maître qui, étendu à ses pieds, se roulait, en poussant d'affreux sanglots.

Il continua...

« Et cette mort, Tom Wil, t'a rendu muet ; le ciel devait bien cela à ma vengeance... et c'est moi qui ai conduit Théodrick au Morne aux Loups... va, va demander aux profondeurs de ces gouffres... quel est le corps poignardé et mutilé qu'ils ont reçu...

« Et la mort de ta femme, et ta ruine, c'est moi seul qui ai tout fait... tout fait, Tom Wil... et ce n'est rien encore... c'est maintenant que ton supplice commence et que mon père savoure ta vengeance là-haut !

« Ecoute, Tom Wil, depuis que nous sommes ici, j'ai éloigné tout le monde de toi ; je passe pour le serviteur le plus dévoué qu'il y ait sur la terre... tu l'as d'ailleurs écrit là... »

Et il montra la cassette où était renfermé le testament du colon.

« Tu es muet... tu ne pourras me démentir.

« Tu n'écriras pas... car je serai sans cesse auprès de toi, et tu es perclus de tes mains...

« Et chaque jour, à chaque heure, vois-tu... tu auras devant toi le bourreau de ta famille... l'auteur de ta ruine...

« Et la nuit... je t'éveillerai, et, à la lueur de cette lampe, tu verras encore le bourreau de ta famille et l'auteur de ta ruine !

« Au dehors, je serai loué, montré, fêté, comme le modèle des serviteurs, et je te soignerai, et je soutiendrai ta vie, car elle m'est précieuse ta vie... plus que la mienne, vois-tu ; il faut que tu vives longtemps pour moi, pour ma vengeance... oh ! bien longtemps... — l'éternité, si je pouvais... car s'il un étranger entrait ici... ce serait pour te dire mes louanges, te vanter mon dévouement à moi, qui ai tué... tué ta famille... qui t'ai rendu muet et misérable... car c'est moi... c'est moi... entends-tu, Tom Wil... c'est moi seul qui ai tout fait... moi seul... » hurlait le nègre en rugissant comme un tigre, et bondissant dans cette chambre en poussant des cris qui n'avaient rien d'humain.

Quand cet accès frénétique fut passé, il s'occupa du colon que cette effrayante secousse avait fait évanouir...

Il le ramassa et le plaça avec soin sur son lit en lui faisant respirer un peu de vinaigre. Tom Wil ouvrit les yeux d'un air étonné, inquiet ; le pauvre homme croyait avoir fait un mauvais rêve ; aussi, en se retrouvant au milieu des soins empressés de son esclave, il sourit à Atar-Gull avec une admirable expression de reconnaissance. Mais celui-ci avait suivi sur les traits du colon toutes ses pensées, et, pour ne pas laisser cette consolante illusion, il reprit en lui serrant la main violemment :

« C'est moi seul, Tom Wil, qui ai tué ta femme et ta fille... tu n'as pas rêvé, Tom Wil, c'est moi... »

Il est plus facile d'imaginer que d'écrire tout ce que dut souffrir le malheureux colon, aussi depuis cette époque sa santé s'affaiblit ; mais, grâce aux horribles soins d'Atar-Gull, elle se soutint chancelante. Une fois le colon refusa de rien prendre, voulant terminer cette vie d'angoisse et de torture. Alors, aidé de deux locataires, Atar-Gull lui fit avaler de force quelques cuillerées de bouillon, et le pauvre colon entendit un des voisins s'écrier : « Quelle vertu ce pauvre nègre doit-il avoir pour servir un vieux maniaque de cette trempe-là... »

Enfin, au bout de six mois de cette horrible existence, la santé du colon s'altérant sensiblement, sa raison commença de s'égarer ; alors son esclave fit demander un médecin. Or, c'est après une de ces visites que madame Bougnol venait de l'arrêter curieusement comme nous l'avons dit, afin de savoir des nouvelles du vieux muet.

Mais la raison du colon se perdit bientôt tout à fait ; et, sauf quelques moments lucides pendant lesquels son affreuse position se représentait à lui dans tout son jour... il était dans un état de démence complète et furieux parfois... Alors Atar-Gull avait recours à la camisole de force...

Ordinairement, après ces transports frénétiques succédaient quelques moments de calme ; aussi le docteur sortait-il comme un des accès du malheureux Wil venait de finir.

CHAPITRE III.

LE BAPTÊME.

Un frère est un ami donné par la nature.
LEGOUVÉ.

Quelques jours après la visite du médecin dont nous avons parlé, toute la maison de la rue Tirechape était en émoi, un inconcevable bourdonnement allait, venait, montait d'étage en étage ; et, dominant sur le tout, on entendait glapir la voix aigre de la portière... gourmandant les uns et les autres : « Un tas de curieux imbéciles, — disait-elle, qui ne laisseraient pas ce pauvre cher homme mourir en paix. »

En effet, M. Wil était au plus mal ; à la suite d'un long accès de démence, sa paralysie s'était portée sur l'estomac, et il se trouvait dans un effrayant état de faiblesse et de stupeur. Les fenêtres de sa chambre avaient été ouvertes par l'ordre du médecin, car l'odeur des potions, des drogues, épaississait encore l'atmosphère morbide de cet appartement. Debout, au pied de son lit, se tenait Atar-Gull, ses yeux constamment fixés sur les yeux du mourant...

Il ne voulait pas perdre un seul de ses regards...

Et une inconcevable expression de tristesse ridait le front du nègre... il voyait sa proie lui échapper, sa victime mourait.

Oh ! qu'il eût donné la moitié des jours qui lui restaient pour prolonger d'autant l'existence du colon ! Mais Dieu est juste...

Dans un autre coin de la chambre, le docteur était assis, pensif, quelquefois il levait la tête et contemplait Atar-Gull avec admiration...

« Voilà donc, — disait l'Esculape, — ces êtres auxquels, dans notre froid et cruel égoïsme, nous refusons presque le nom d'hommes... que nous reléguons à l'affreuse condition d'esclaves, de bêtes de somme... et pourtant voyez celui-ci... quelle délicatesse de dévouement ! quels soins attentifs... Pauvre homme, quelle tristesse est empreinte sur son front, quelle anxiété dans ses regards... oh ! il ne le quittera pas de l'œil un seul moment... O humanité !... humanité !... que tes jugements sont faux... que tes préjugés sont cruels... »

L'honnête médecin eût sans doute continué encore longtemps cette dissertation mentale, négro-philosophique, si un cri du noir n'eût interrompu le précieux cours de ses pensées.

Il se leva précipitamment et s'approcha du moribond.

« Eh bien ! eh bien ! — lui dit-il en anglais, — mon ami, comment allons-nous ?... du courage... du courage... »

Le colon tourna la tête de son côté, les yeux secs, ardents, et, d'un geste aussi furieux que sa faiblesse lui permettait de le faire, montra le noir... immobile, silencieux au pied du lit.

« Je le vois, je le vois, mon ami, — dit le docteur, — je sais que c'est un digne et loyal serviteur... mais tel maître tel valet, et avec un maître comme vous... »

Les yeux du colon brillèrent d'un feu inaccoutumé, et il fit violemment un geste négatif en secouant sa tête, qui bientôt retomba lourde et pesante sur son oreiller.

« Si, si, vous êtes un bon maître, — reprit imperturbablement l'Esculape, — aussi bon maître qu'il est bon esclave... bon ami, voulais-je dire. »

Ici M. Wil, brisé par la fièvre et la douleur, ne put faire un mouvement, seulement ses yeux s'emplirent de larmes, et il les leva au ciel avec un regard qui semblait dire : « Mon Dieu, tu l'entends... toi, qui sais la vérité... tonne donc. »

Dieu ne tonna pas, et le docteur, interprétant à sa manière ces pleurs et cette invocation tacite, ajouta :

« Oh ! oui, pleurez de reconnaissance, et recommandez-le au ciel, ce bon esclave... mon cher ami, c'est bien naturel... ces larmes-là sont douces, n'est-ce pas ?... »

Et l'honnête médecin tendit la main à Atar-Gull en essuyant ses yeux humides.

« Je vois donc, monsieur le docteur, — dit le nègre avec humilité. — Allons donc, mon garçon, — dit le docteur, je te m'honore, moi, en pressant la main d'un modèle de vertu et d'héroïsme... car enfin c'est de l'héroïsme, » disait le docteur en serrant Atar-Gull dans ses bras.

Ce spectacle fut au-dessus des forces du colon.

Sa figure, de pâle et livide qu'elle était, devint rose, rouge, pourpre et violacée.

Ses yeux s'ouvrirent, et la prunelle disparut sous la paupière.

Il fit entendre une espèce de cri guttural, rauque et métallique, et sa bouche écuma, et ses membres se roidirent.

« Un accès lui reprend, monsieur le docteur, — dit le nègre, — vite la camisole — Non, — dit tristement le médecin, — non, c'est inutile ; ce spasme, cet éréthisme vont consumer le reste de ses forces... Faible qu'il est, sa dernière heure approche... Pourquoi vous le cacher, mon ami ; dans une heure peut-être vous ne verrez plus votre maître... plus jamais... Allons, allons... du calme... faites-vous une raison.. écoutez-moi. »

Mais Atar-Gull ne l'écoutait plus.

« Déjà... déjà... — hurlait-il en se tordant à terre... — déjà mourir, lui... et il n'y a pas un an qu'il est ici avec moi... mais non... ce n'est pas possible. »

Et, se relevant terrible, menaçant, les yeux enflammés, il saisit le docteur de sa forte et puissante main, et, levant une chaise sur le crâne chauve du savant, il s'écria furieux :

« Je ne veux pas qu'il meure encore, moi ! il n'est pas temps... entends-tu... il n'est pas temps... et s'il meurt, je te tue. »

Et il brandissait la chaise avec violence.

« Il ne mourra pas... il ne mourra pas, — dit le docteur pâle et tremblant, — je vous le promets. »

Atar-Gull laissa retomber la chaise et s'assit par terre, près du lit du colon, sa tête cachée dans ses mains.

« Il n'y a que les nègres pour aimer ainsi, — disait le médecin en rajustant sa cravate et son collet, — c'est du délire, mais c'est admirable; on le dirait qu'on ne le croirait pas... mais il paraît pensif, absorbé... je vais profiter de cela pour m'esquiver. C'en est fait du colon... l'agonie approche, et, malgré ma promesse, je ne me soucie pas d'assister à sa mort. »

Et le bon docteur se retira *suspenso pede*, en faisant le moins de bruit possible pour ne pas tirer le noir de sa rêverie. Il respira plus librement quand il se vit sur l'escalier, quoiqu'il eût encore à affronter le feu des questions de la Bougnol et des commères de chaque étage. Quand Atar-Gull revint à lui, il chercha le médecin, et, ne le trouvant pas, s'écria :

« Il s'en est allé, il n'y a donc plus d'espoir... »

Et il se dressa debout pour contempler le colon qui agonisait.

D'un geste, il tira la mince et pauvre couverture qui dessinait les formes déjà cadavéreuses du malheureux Wil, comme pour ne rien perdre de ce hideux spectacle.

Le colon tressaillait de tous ses membres, réduits à un état de maigreur et de marasme effrayant.

Ses mains s'agitaient en tous sens comme pour ramener quelque chose sur lui par un geste familier aux mourants...

« Oh ! que ta mort est douce ! — disait le noir, — tu meurs dans ton lit... toi... tu n'as souffert que six mois... toi... tu n'as pas été obligé de rire pendant que la haine te tordait le cœur... toi... Comment... des années de soumission, de tortures, de soins, ne m'auront servi qu'à te faire souffrir huit mois... huit mois seulement ! mais c'est infâme. Toi ! les blancs ! les blancs ! m'écraseront-ils toujours sous le poids de leur infernal bonheur ! »

A ce moment la porte s'ouvrit... C'était un prêtre, deux enfants de chœur et un cortège de femmes.

« Que voulez-vous ? — dit Atar-Gull. — Aider ce chrétien à mourir, dit le prêtre... — adoucir, consoler ses derniers moments... — Consoler ses derniers moments ? — dit le noir en rugissant... — Oh ! non, non... il est fou... — O mon Dieu !... — dit le prêtre avec un accent de tristesse... — Et puis il est homicide, assassin ; il a tué mon père... dit Atar-Gull hors de lui... en se tordant sur le lit du colon. — Monsieur l'abbé, — dit la portière, faites pas attention, ce pauvre M. *Targu* est bon lui-même de voir son maître *s'en aller*; depuis un an qu'il est ici, il le soigne comme son père, il le nourrit ; à chaque heure du jour ou de la nuit, il est debout à ses côtés... la douleur l'égare... le pauvre garçon. — Oh ! monsieur, — dit Atar-Gull en se précipitant aux genoux du prêtre, les yeux baignés de larmes, — oh ! monsieur, faites qu'il vive... On dit votre Dieu bon et juste... qu'il vive... le colon... qu'il vive... voyez-vous, il le faut, il me faut sa vie... Vous ne savez pas que c'est par là seulement que je tiens à l'existence... Tenez... monsieur, qu'il vive... je foule aux pieds mes fétiches, qui furent ceux de mes pères... et j'embrasse votre religion... mais qu'il vive ! oh ! qu'il vive... par pitié qu'il vive ! — Digne et cher serviteur, — dit le prêtre attendri, — Dieu t'appelle à lui... la volonté de l'homme n'y peut rien... mais si la religion ne peut vous le rendre... elle vous consolera de sa perte... — Monsieur l'abbé, le locataire se meurt, — dit la Bougnol... je puis mettre écriteau, n'est-ce pas ?... »

L'abbé se tira des mains d'Atar-Gull et s'approcha du colon.

Le pauvre Wil était hors d'état de rien entendre, il reçut machinalement les sacrements et mourut.

Le médecin entrait au moment où il rendait le dernier soupir. Le nègre tomba si ses jambes se fussent dérobées sous lui.

« Saisissons cet instant pour l'entraîner hors d'ici, — dit le bon médecin, — je m'en charge... — C'est moi, — dit l'abbé... — je vous en prie, monsieur, laissez-moi cette bonne œuvre... il m'a presque promis d'embrasser notre sainte religion... — C'est une raison contre laquelle je ne puis rien objecter, — répondit le docteur; — mais, de mon côté, je vais faire mon rapport au maire de cet arrondissement; car, si de telles vertus sont récompensées dans le ciel, elles doivent aussi l'être sur la terre... — Nous nous entendons, je le vois, » dit le vertueux prêtre en prenant la main du médecin.

Atar-Gull était sans connaissance, on le transporta chez l'abbé, et le commissaire vint mettre les scellés sur le misérable mobilier du colon.

On trouva dans la petite cassette l'espèce de journal dont nous avons

parlé, qui faisait un si pompeux éloge d'Atar-Gull, et l'instituait légataire de tout ce que le colon possédait.

Le surlendemain de la mort du pauvre Wil, les passants se découvraient devant le corbillard des pauvres qui se dirigeait vers le cimetière de l'Est, suivi d'un nègre qui pleurait fort, soutenu par un prêtre et un homme à cheveux blancs (le médecin).

Environ deux mois après, Atar-Gull, suffisamment instruit dans notre religion, avait été solennellement baptisé à Sainte-Geneviève, sous le nom de Bernard-Augustin, et un soir, le 24 août, le jeune et digne prêtre qui l'avait recueilli lui parlait de je ne sais quelle imposante cérémonie où le nouveau néophyte devait jouer le principal rôle, grâce aux soins du docteur, secondé par tous les locataires de la rue Tirechape et les habitants du quartier, que la belle et vertueuse conduite de M. Targu pour son maître avait édifiés.

CHAPITRE IV.

LE PRIX DE VERTU.

> . . . La vertu est une chose sans prix. . .
> M. LE MARQUIS. — *Vaudeville.*

> Une autre intention que nous pouvons tout aussi raisonnablement supposer au noble fondateur, c'est celle de convertir ces hommes assez malheureux pour ne pas croire à la vertu.
> *Discours de M. le baron* CUVIER.

Le 25 août ***, par un riant soleil qui inondait de clarté la belle coupole de la salle des réunions solennelles de l'Institut, l'élite de la société de Paris se pressait sur les banquettes, impatiente de voir face à face les immortels, et d'ouïr quelque menue lecture de vers allégoriques, de poèmes didactiques ou de contes politiques, qui devaient tout doucettement conduire la patiente et benoîte assemblée jusqu'au rapport de la commission chargée de décerner le prix de vertu fondé par M. de Montyon.

Et puis aussi on devait distribuer des palmes aux lauréats, aux favoris d'Apollon... aux bien-aimés des Muses...

Or, pour la cent troisième fois, M. ***, bien-aimé d'Apollon et favori des Muses, vint saluer modestement la foule endormie et le président, qui lui mit sur les oreilles une couronne de chêne vert, en lui disant : *Macte animo.*

Des larmes coulèrent de tous les yeux, et le lauréat se promit bien de ne pas rester en si beau chemin, de s'atteler ferme et fort, incessamment et toujours, au vermoulu char du dieu des vers, et de le traîner bon gré, mal gré, friand qu'était le poète de sa botte de lauriers académiques et de la ration de louangeuses et classiques mélopées.

Après quoi, un murmure sourd et prolongé circula dans la salle ; chacun s'établit commodément pour entendre, le programme sur les genoux, les mains croisées et les yeux attentivement fixés sur le président qui se préparait à lire le rapport de la commission.

Bientôt le plus profond silence régna dans l'assemblée, et le président commença ainsi d'une voix lente, sonore et accentuée :

« Messieurs,

« La commission chargée de l'examen des titres des concurrents qui se présentaient comme ayant droit au prix de vertu fondé par M. de Montyon, après s'être occupée de ces recherches avec religion et scrupule, a décidé à l'unanimité que le prix de dix mille francs serait accordé cette année au sieur Bernard-Augustin Atar-Gull, nègre, né sur la côte d'Afrique, âgé de trente ans et quelques mois.

« Le résumé court et rapide de sa vie tout entière, consacrée à son maître avec un dévouement sans bornes, constatera, je l'espère, l'impartialité de la commission.

« Victime de la traite des noirs et de l'esclavage, Bernard-Augustin Atar-Gull fut transporté il y a environ cinq ans à la Jamaïque, et pourtant sa conduite sage, soumise, laborieuse, attira bientôt l'attention de son maître, qui lui donna toute sa confiance.

« Des malheurs imprévus et cruels vinrent tout à coup fondre sur le colon Tom Wil, et peu à peu ce malheureux perdit sa femme, sa fille, son gendre, une immense fortune, et fut forcé de quitter la Jamaïque, où de trop douloureux souvenirs l'eussent mené au tombeau.

« Eh bien ! messieurs, au milieu de ces calamités, le colon eut l'inestimable bonheur de rencontrer un ami sûr, dévoué, infatigable ; ce fut Atar-Gull, qui trouvait toujours de nouvelles forces dans l'excès même de son dévouement.

« Ah ! messieurs, combien d'autres esclaves, à sa place, auraient joui en secret des peines qui venaient accabler celui qui les avait achetés, enlevés indirectement à leurs affections, à leurs pays. — Non, non, messieurs ! Atar-Gull n'avait, lui, qu'une idée fixe...l'attachement et la reconnaissance qu'il devait à son maître, pour les bontés dont il l'avait comblé...

« Et, soit dit en passant, messieurs, de tels faits valent des volumes pour réfuter la logique de ces froids et cruels sceptiques qui mettent encore en doute le développement de l'intelligence des noirs, et qui, sous de spécieux et paradoxals prétextes, osent soutenir la nécessité, la légitimité de la traite, de cet infâme trafic.

« Mais revenons à Atar-Gull, messieurs.

« Il aurait pu profiter de son acte d'affranchissement sollicité par son maître; il ne le fit pas, et suivit le colon en Europe, en Angleterre, en France, à Paris, avec la même abnégation, le même dévouement.

« Mais c'est à Paris surtout qu'il faut suivre tous les développements de cet attachement énergique dans son expression et si profond dans ses racines.

« Les modiques ressources du colon étaient épuisées ; le nègre passait des jours, des nuits à travailler, et de ce modique labeur il soutenait un vieillard infirme, que ses nombreux malheurs avaient amené à un état continuel d'irritation et de colère, bien excusable sans doute, mais enfin dont le pauvre noir supportait les effets sans se plaindre, sans le moindre murmure.

« Que vous dirai-je, messieurs ? le malheureux colon, privé de la parole, perdit bientôt l'usage de ses facultés, sa raison s'égara ; et, sauf quelques moments lucides, il vécut encore un an dans un état de démence complet.

« Enfin le colon succomba à tant de tourments et de chagrins amers.

« C'est ici, messieurs, qu'il faut voir jusqu'à quel point peuvent aller la reconnaissance et l'affection chez de tels hommes.

« A peine le bon et digne médecin qui prodiguait au mourant les soins les plus désintéressés eut-il annoncé au fidèle serviteur la prochaine mort de son maître, que celui-ci, dans un emportement, un délire que les motifs feront pardonner et admirer peut-être, s'écria : — Je ne veux pas qu'il meure, moi... Je ne tiens à l'existence que par sa vie... et s'il meurt, je te tue...

« Et ces paroles, ces regrets énergiques et profonds, empreints de toute l'exaltation fougueuse d'un Africain, retentiront, j'espère, dans le cœur des gens qui, nous le répétons, s'obstinent à regarder les noirs comme une classe à part.

« Mais bientôt, messieurs, toute espérance fut détruite, et bientôt le ministre de Dieu vint apporter ses saintes consolations au malheureux... disons plutôt à l'heureux colon, car c'est encore du bonheur, même au milieu des plus cruelles infortunes, que de trouver un ami, un frère, un fils tel qu'Atar-Gull.

« Mais voyez, messieurs, combien une âme noble et élevée, sous quelque enveloppe qu'elle soit, a de secrètes affinités avec une religion dont la portée est si haute et si puissante, c'est au nom de notre religion à nous, de la religion du Christ, que ce noir, abjurant son idolâtrie, demande la vie de son maître !!!

« Ah! messieurs, laissez couler mes larmes, elles sont bien douces, je vous assure... et n'y a-t-il pas un plus touchant, un plus noble tableau que celui-ci... un pauvre nègre, devinant comme par l'instinct d'une âme aimante tout ce qu'il y a de consolation et d'espérance dans une religion qu'il ignore pourtant, mais dont l'idée confuse vient apparaître à son esprit comme ces saintes et mystiques visions qui venaient soudain éclairer nos pères de l'Eglise.

« Enfin, messieurs, comme pour compléter, pour clore dignement cette vie tout entière consacrée au dévouement pour son semblable, Atar-Gull, instruit dans notre religion, s'est fait baptiser, et nous comptons un chrétien de plus.

« Ce qui a décidé, messieurs, la commission à attirer sur cet homme estimable les regards et la reconnaissance de la société, c'est cette grandeur d'âme, cette élévation de caractère qui ont été assez puissantes chez Atar-Gull pour faire surmonter toute haine primitive.

« Oui, messieurs, car chez un de nos concitoyens, élevé dans nos mœurs, dans nos habitudes, dans nos lois, une pareille conduite serait déjà digne des plus grands éloges, digne des plus hautes récompenses.

« A quelle hauteur sera-t-elle donc élevée, cette action, messieurs, quand vous songerez que cet homme à demi sauvage, livré à toute l'impétuosité de ses passions, sans instruction, sans croyance, sans frein, a oublié l'affreuse distance que le fouet et la cruauté des colons avaient mise entre lui et un blanc, pour se vouer corps et âme au service de ce blanc, et lui prouver une affection toute filiale !

« Alors, messieurs, je le crois, vous ne pouvez que ratifier le jugement de la commission, et vous écrier avec nous : Si l'âme généreuse de M. de Montyon prend encore quelque connaissance de ce qui se fait sur la terre; elle doit être heureuse et satisfaite, car nous avons eu le

bonheur de concilier les deux idées qui l'occupèrent pendant toute sa vie, et auxquelles en mourant il a consacré toute sa fortune :

« Faire du bien aux infortunés et exciter à leur en faire tous ceux qui en ont la possibilité. (Applaudissements prolongés.)

« Il nous reste, messieurs, à faire connaître les pièces justificatives, qui seront déposées au secrétariat de l'Institut :

« 1° Le testament olographe de M. Wil, qui, par les clauses les plus flatteuses, institue Atar-Gull légataire universel du peu qu'il possédait ;

« 2° L'acte d'affranchissement du nègre, apostillé longuement par le gouverneur de la Jamaïque, qui rend un éclatant hommage aux excellentes et nobles qualités d'Atar-Gull, et cite les faits honorables qui lui ont mérité cette faveur ;

« 3° Un certificat du commandant de la frégate anglaise le Cambrian, qui a ramené en Europe le colon et son fidèle esclave ; lequel certificat, signé de tout l'état-major, contient les plus grands éloges sur l'admirable conduite du nègre pour le colon ;

« 4° Une demande signée par les locataires qui habitent la maison où était logé M. Wil et appuyée des attestations des principaux habitants du quartier, qui affirment que la conduite d'Atar-Gull a été parfaite et dévouée, et qui s'intéressent tous à ce qu'elle ne reste pas sans récompense.

« 5° Des notes particulières remises par le médecin qui a soigné M. Wil dans sa dernière maladie, et qui le premier a appelé les regards de l'autorité sur ces faits si honorables pour l'espèce humaine ;

« 6° Une lettre de M. Duval, prêtre à Sainte-Geneviève, qui a suivi Atar-Gull dans tous les exercices religieux, et a été édifié de sa conduite admirable et de ses regrets sincères et touchants.

« Voici, messieurs, les titres sur lesquels la commission a basé son jugement. Nous osons croire qu'elle trouvera des approbateurs, et que l'imposante et sainte mission qui nous a été confiée aura été religieusement et consciencieusement remplie aux yeux de tous.

« D'après ce, le prix de vertu de dix mille francs, fondé par feu M. de Montyon, est décerné à Atar-Gull Bernard-Augustin. »

Il est impossible de décrire les transports et l'ivresse que ce long rapport excita dans l'assemblée.

C'était comme un nouveau triomphe que la civilisation remportait sur la barbarie.

Une quête spontanément faite au profit du bon noir produisit près de deux mille francs, qui furent remis au président, et le soir, dans tout Paris, on ne parlait que d'Atar-Gull ou le bon nègre.

Pendant toute cette séance, au fond d'une obscure travée, masqué par un indiscret rideau... un personnage sombre et silencieux avait prêté une oreille attentive... C'était Atar-Gull!

« Oh ! — pensait-il parfois, — au moins, si ma victime m'a échappé... si je n'ai pu me venger en détail... que je me venge bien sur cette société tout entière !...

« Oh! que c'est pitié... pitié de voir ces savants, ces philanthropes, cette élite de Paris, de leur Paris... du monde... être joués par un misérable esclave, un pauvre nègre, qui a encore le dos tout meurtri des coups de fouet du commandant...

« ... Oh ! quel rire... pour moi, si je me levais tout à coup... si je faisais tourner vers moi ces yeux qui pleurent, ces cœurs qui battent, ces bouches qui me louent et m'exaltent...

« Et si je disais à cette foule attendrie... ce que j'ai dit au planteur Tom Wil...

« Ce serait... sur leur Dieu ! un singulier spectacle...

« J'en ai bien envie...

« Beaux résultats, ma parole... leur dirais-je. — L'assassinat, l'hypocrisie et le blasphème sacrés par la religion et la vertu...

« Mais non, fou, fou que je suis... je m'abaisse et je devrais m'élever; c'est orgueil, et je suis dressé de toute ma hauteur, le front haut et fier, que je devrais crier à cette foule...

« Après avoir acheté mon père comme une bête de somme, on a pendu mon père comme voleur, parce qu'il était vieux, qu'il ne pouvait plus payer son pain par son travail...

« J'avais à venger sa vie et sa mort.

« Pour un bon fils,

« VENGEANCE EST VERTU.

« Or, creusez le mobile de mes actions, pesez ma vie d'esclave, comptez mes tortures, et vous verrez que le prix est bien gagné et bien donné.

« Je le prends...

« Père... es-tu satisfait ? Attends... je te rejoins... »

En effet, Atar-Gull mourut bientôt nostalgique et chrétien.

A MONSIEUR

FENIMORE COOPER

Me pardonnez-vous, monsieur, de répondre publiquement à la lettre si flatteuse que vous avez bien voulu m'écrire au sujet de mon premier ouvrage?

Cette vanité de jeune homme impatient de mettre tout le monde dans la confidence de sa bonne fortune littéraire est sans doute blâmable; mais, sentant le besoin de donner quelques explications sur ce nouveau livre, j'ai pensé qu'elles acquerraient bien plus d'importance et de valeur en vous étant adressées à vous, monsieur, qui avez créé le *roman maritime* d'une manière si originale et si puissante, et qui partagez avec Goëthe et Scott le rare et précieux privilège d'être un des types de la littérature étrangère contemporaine.

Je suis persuadé comme vous, monsieur, que si l'esprit général de notre nation pouvait arriver peu à peu à comprendre tout ce qu'il y a de forces, de ressources, de moyens de défense ou de conquêtes commerciales dans la marine, la France pourrait devenir l'égale de toute puissance européenne sur l'Océan.

C'est aussi cette conviction profonde, monsieur, qui m'a donné le courage de publier quelques essais maritimes; car, venant après vous, il fallait un tel mobile pour oser entreprendre une tâche aussi périlleuse.

J'ai longtemps agité la question de savoir si je ne devais pas choisir pour sujets de romans quelques-uns de ces merveilleux faits d'armes, si nombreux dans nos annales maritimes; mais j'ai estimé qu'il était mieux de débuter modestement comme peintre de *genre*.

Et puis aussi que le public, plus familiarisé avec l'idiome, la langue et les habitudes des marins dans mes premières esquisses, pourrait prêter une attention moins distraite alors par l'étrangeté de ces mœurs à une fabulation toute historique, d'une portée plus large et d'un intérêt plus national.

Vous trouverez peut-être, monsieur, que j'ai bien abusé, dans *Atar-Gull*, de cette licence que vous nous accordez de commettre des meurtres flagrants et atroces pour exciter la sensibilité du lecteur; mais je me débattais en vain sous la fatale influence de l'effrayant sujet que j'avais embrassé, et, comme *Macbeth* de Shakspeare, ma *férocité* n'a pas eu de bornes, parce qu'un crime était la conséquence, la déduction logique d'un autre crime.

Aussi, monsieur, j'ai une terrible crainte de passer pour un homme abominable, faisant de l'horreur à plaisir.

Et pourtant, à la faveur de cette peinture trop exacte (je le crois) de la traite des noirs, de leur esclavage et de ses résultats, j'ai voulu, non élever une polémique bâtarde et usée sur des droits que plusieurs contestent, mais bien poser des faits, des chiffres, au moyen desquels chaque partie adverse pourra établir ses comptes. — L'addition seulement reste à faire.

Maintenant, monsieur, je vais vous soumettre le plan que j'ai cru devoir suivre pour parfaire ce livre.

Permettez-moi seulement une question.

Ne vous est-il pas souvent arrivé de rencontrer par hasard, dans le monde, un homme que vous ne connaissiez pas, et que vous regardiez pourtant avec une curieuse attention, tant sa physionomie vous frappait?

La tournure originale, incisive de quelques phrases vous étonnait, et vous écoutiez avidement... — Alors, tombant sous le charme d'une conversation rapide, étincelante, animée, n'éprouviez-vous pas ce je ne sais quelle sympathie pour cet être si singulier qui, apparaissant là comme isolé au milieu de ce monde bruyant et tumultueux, semblait presque fantastique, tant il y avait d'imprévu, de charme et de mystère dans cette rencontre?

Et puis, malheur, un importun vous frappait sur l'épaule, vous détournait la tête avec humeur... et malheur... car l'inconnu était peut-être Byron, Chateaubriand, Bonaparte.

Et il avait disparu... et vous ne le revoyiez plus... plus jamais... Aussi y pensiez-vous toujours avec un sentiment de tristesse douce et de regrets... En un mot, cette soirée, cette heure de conversation datait dans votre vie, n'est-ce pas?

Et laissez-moi, monsieur, citer à l'appui de ceci deux faits personnels : il ne s'agit ni de Byron, ni de Chateaubriand, ni de Bonaparte, mais d'hommes que j'ai rencontrés et qui ne manquaient pas de supériorité.

Un jour, j'étais à Saint-Pierre (Martinique) et, comme notre frégate devait mettre à la voile, j'allai le soir faire mes adieux à une excellente et digne famille, dont les soins touchants et empressés m'avaient arraché à une mort cruelle. — J'arrivai, et, après quelques moments d'une causerie amicale, on annonça le curé de C***.

Figurez-vous, monsieur, un homme jeune encore, pâle, le front saillant, des yeux vifs et noirs, une parole brusque, brève, et l'air, le ton de la meilleure compagnie.

On parla politique. — Je m'attendais à une discussion étroite et hargneuse, ou à un dédaigneux mutisme de la part du prêtre. — Point : le prêtre causa longtemps, et sa conversation âpre et nerveuse, ses idées claires, fortes et neuves, m'étonnèrent à un point extrême.

— On parla beaux-arts, musique, peinture : même supériorité, même science, toujours naïve, saine et vigoureuse... Et je me souviens qu'il nous fit, entre autres choses, une curieuse et poétique dissertation sur l'influence du polythéisme et du christianisme dans les arts, tout à l'avantage de la dernière croyance.

On parla statistique, géométrie, mécanique; il en raisonna comme un habile praticien, et le colon chez lequel je me trouvais lui demanda même pourquoi il ne faisait pas exécuter en grand l'admirable moulin à sucre qu'il avait inventé.

Enfin, monsieur, vaincu par les sollicitations de mon hôte, qui jouissait de ma stupéfaction, nous allâmes au presbytère. Il était, je crois, minuit.

Ici, le prêtre nous chanta de sa musique, nous montra de sa peinture, voulut bien nous lire un de ses livres, un manuscrit remarquable sur la liberté des cultes, nous expliqua ses machines à moudre les cannes, singulièrement simplifiées.

Que vous dirai-je, monsieur? ce prêtre résumait en lui tous les prodiges de l'intelligence et du savoir. Simple, pauvre et bon, d'une infatigable activité d'esprit, ne dormant presque pas, et passant sa vie à fouiller les racines de l'arbre de la science; en un mot, c'était presque un *Faust*, à la damnation près (je le suppose du moins).

Enfin, monsieur, les heures rapides passèrent; je restai sous le charme jusqu'à trois heures du matin; à cinq heures j'étais en route pour la Jamaïque, et je ne devais plus revoir ce prêtre singulier, je ne l'ai plus revu; peut-être a-t-il fini ses jours sous le ciel brûlant des tropiques, car sa santé était faible et usée par l'étude... peut-être ce génie ardent et inconnu est enseveli sous une pierre obscure.

Une autre fois, en Grèce, quelques jours avant le combat de Navarin, je vis pendant une heure, à Anti-Paros, un descendant ou célèbre l'ana-Jotti, favori du vizir Kropoli ; cet intrépide vieillard avait puissamment contribué au soulèvement de son pays, connu Byron et égalé Canaris ; d'une finesse d'esprit exquise, d'un jugement droit et éprouvé, il me parla longuement de la Grèce, et jamais la position vraie de ce malheureux pays, son avenir, ses ressources, n'ont été plus poétiquement exposés que par ce vieux Grec à longs cheveux blancs, au costume pittoresque, assis sur un fragment de marbre aux sculptures effacées, prophétisant l'avenir de cette nation, qui fut toujours un prétexte dans les mains des puissances européennes.

Je quittai, et ne vis plus qu'une fois cet homme extraordinaire : ce fut le lendemain du combat du 20 octobre ; il passait rapidement dans un canot le long de notre vaisseau, et se rendait, je crois, auprès de l'amiral, comme envoyé du gouvernement grec.

Cette longue et fatigante digression, monsieur, tend à établir ceci, que souvent des êtres tantôt remarquables par une grande puissance d'organisation. tantôt par des vices ou des vertus portés à l'excès... mais toujours frappants, saillants, d'une espèce à part, traversent notre existence, rapides et é 'némères, comme ces météores que nous ne voyons qu'un moment, et qui s'éteignent pour toujours.

Or, monsieur, je me suis demandé pourquoi, dans les romans maritimes surtout, dont le cercle est immense, dont les scènes sont souvent séparées entre elles par des milliers de lieues, on ne tenterait pas de jeter cet imprévu, ces apparitions soudaines qui brillent un instant, et s'effacent pour ne plus reparaître.

Pourquoi, au lieu de suivre cette sévère unité d'intérêt distribué sur un nombre voulu de personnages qui, partant du commencement du livre, doivent, bon gré mal gré, arriver à la fin pour contribuer au dénoûment chacun pour sa quote-part ;

Pourquoi, dis-je, en admettant une idée philosophique ou un fait historique qui traverserait tout le livre, on ne grouperait pas autour des personnages qui, ne servant pas de cortége obligé à l'abstraction morale qui serait le pivot de l'ouvrage, pourraient être abandonnés en route, suivant l'opportunité ou l'exigeante logique des événements.

Alors, monsieur, le lecteur éprouverait sans effort cette impression que j'ai tâché de rendre sensible, cette impression qui résulte de la subite apparition d'un homme extraordinaire que l'on ne voit qu'une fois et dont on se souvient toujours.

Je sais, monsieur, qu'il faudrait un prodigieux talent pour arriver à ce résultat, d'attacher l'intérêt du lecteur sur un personnage pendant le tiers de l'action, je suppose, puis de faire disparaître ce personnage et de renverser l'intérêt sur celui qui le remplace, enfin d'arriver ainsi au dénoûment de l'ouvrage.

Mais, s'il était possible de réussir, je crois qu'on aurait surmonté l'écueil inévitable que les romans maritimes semblent offrir par les distances et les événements qui doivent nécessairement rendre l'unité d'intérêt et de lieu au moins bien difficile.

Car enfin, monsieur, un navire est en route ; avant d'arriver à sa destination, il touche dans dix pays différents : là, des mœurs étrangères, insolites, qui n'offrent aucun rapport entre elles, et peut-être là dix actions, dix puissants motifs d'intérêt, de quoi faire un beau livre ; le vaisseau part, on ne se revoit plus, les amitiés commençantes sont brisées, l'amour brusquement tranché à sa première phase Adieu l'unité d'intérêt.

Somme toute, ainsi qu'on l'a déjà dit, n'est-ce pas aussi une unité d'intérêt qu'un fait ou une idée morale, qui, traversant tout un livre, sert de pivot, de lien aux événements ou aux personnages qui gravitent autour ?

Et le roman de marine surtout ne peut-il pas vivre d'épisodes qui seraient déplacés dans tout autre genre de composition ?

Je sais qu'il était donné à un talent tel que le vôtre, monsieur, d'encadrer, de resserrer dans le cycle de l'unité les scènes immenses que vous ayez décrites, et de résoudre un problème insoluble pour tout autre ; mais c'est parce que je reconnais l'impossibilité d'atteindre à cette hauteur que je tâche de faire excuser le système contraire que j'ai adopté.

J'ose croire, monsieur, que vous ne verrez dans tout ceci la moindre idée de fonder, d'établir une théorie quelconque ; je vais seulement audevant de la critique qui pourrait, à juste titre, me reprocher d'avoir essayé de mettre en relief dans ce livre trois personnages au lieu d'un, sur lequel toute l'attention du lecteur devait être concentrée.

Je ne terminerai pas cette trop longue lettre, monsieur, sans vous exprimer encore toute ma reconnaissance pour les encouragements que vous avez daigné donner à des ébauches bien imparfaites sans doute.

EUGÈNE SUE.

Paris, ce 15 mai 1831.

Paris. — Typ. Walder, rue Bonaparte, 44.

www.ingramcontent.com/pod-product-compliance
Lightning Source LLC
Chambersburg PA
CBHW071253210626
46818CB00013B/1426